E T E R N A L Y E S T E R D A Y

Y U U R I E D A

永遠的昨日

榎田尤利

插畫 丹地陽子

ETERNAL YESTERDAY

目錄

Contents

YUURI EDA

#1

雪花飄落高堆，世界一片純白。

浩一總是走在我的左邊，說是要確保自己的慣用手放在我這一側，以防突發狀況，比如不知道從哪裡飛過來的棒球、不長眼的腳踏車衝過來的時候，他可以保護我。

真是莫名其妙。

現在這個時代，女孩子也會對這種事感到反感吧。再說，從來都沒有發生過球飛過來，還是腳踏車衝過來的事情，倒是浩一曾經差點踩到野貓的大便而撞到我，還有兩次是他因為害怕夏天死掉的蟬而湊到我身上。浩一的體型跟我差很多，所以突然被撞到會很痛，我也跟他說過「你反倒讓我更危險」，但浩一笑著連聲說抱歉，還是繼續走在我的左邊。

我懶得多說什麼，就隨他高興了。

我們每天早上上學，會走過一條通往學校側門的小路。

正門要等到七點半才會開，而需要參加籃球社晨練的浩一必須在那之前就到學校，因此都會走側門。我沒有參加社團，當然沒有什麼晨練，但早上還是和浩一一起上學。我並不討厭早起，早點出門人少又安靜，反而比較舒服。

我們就讀的高中在東京的郊區，周遭是悠閒輕鬆的景致。

特別是通向側門的那條路……它被大家稱為「密徑」，充滿如詩如畫的田園風情。上學經過時，右邊是綿延不絕的校園矮牆，左邊則多半都是農地。我家位在隔著幾站的商業區，所以起初看到這片農地時稍微嚇了一跳。雖然規模沒有特別大，但總是依照季節栽種著各式各樣的蔬菜，我剛來的第一年還完全認不出蔬菜的種類，但到了第二年，已經進步到看見葉子就能說出「啊，白蘿蔔」，這都是浩一教我的。

這片田地，今天早上也被整片白雪覆蓋著。

現在只稍微下著細雪，似乎從昨晚就開始積雪了。話雖如此，總歸是東京的雪，最多就是幾公分的厚度。況且根據氣象預報，接下來會開始下雨，那麼一來，這片雪很快就會融化吧。

雪白覆蓋著一切，這明明是我很喜歡的一幅美景。

農地旁邊的密徑並不寬闊。雖然不是單行道，但要是有車經過時沒有減速會很危險。但這條路或許是通往主要幹道的捷徑，時不時會有走慣的車呼嘯而過，人行道因此變得很窄，行人護欄也只設置在路的其中一側，而且斷斷續續的。

總是站在左邊的浩一，在上學的時候會走在車道那一側。

老舊的護欄似乎時常被車撞到，彎彎曲曲的也沒有人處理，很難走。我們並排走在人行道上，有時候會為了閃避電線杆而變成一前一後，然後再並肩而行……浩一每一次都會走到我的左邊。

今天早上大概是因為下雪，沒有什麼車經過。偶爾會有一兩臺物流的大貨車經過，產生的風壓吹亂了我的瀏海。

雪片飛到我的額頭上，好冰。

我們兩個沒有撐傘，畢竟人行道很窄，就算是下雨也只能兩人共撐一把傘。更何況下雪的話，就根本不需要傘。我戴著連帽粗呢大衣的兜帽，浩一則戴著毛線帽。雖然他的長版大衣也有帽子，但他幾乎不戴。他說這樣視線會變得很狹窄，就看不見身邊的小滿了……浩一一臉正經地這樣解釋過，我當時只是應了聲「喔～～」。

兜帽確實會讓視線變狹窄。

雖然看得到前面，左右兩邊卻很難看見。

耳朵也被蓋住了，所以聽力會比平常還差，但也不是聽不見。我聽得非常清楚，所以反應過來，轉過頭去，卻沒有辦法做出任何行動，只呆站在原地。

事情發生得太過突然，我無法做出行動。

浩一飛到空中，然後墜落。

衝向人行道的大卡車在我的眼前轉了個方向，開回道路上。故障的剎車聲、卡車擦撞行人護欄的聲音、撞到浩一的聲音……我聽見了各種聲音，但此刻已是安靜無聲。

卡車停了下來，浩一倒在地上。

雪不停落下。

將整個世界覆蓋成一片雪白。

口袋裡只有右手很溫暖，因為裡面放著一個浩一剛剛才拿給我的暖暖包。

——小滿，你的手超冰的耶，也不戴個手套。

他剛才這麼說，然後笑著遞給我。

我的名字叫做青海滿，只有浩一會叫我小滿。其他同學也曾經開玩笑地學著叫過，但我完全沒有理會，不到三天，他們就放棄了。我不喜歡別人跟我裝熟。我這個人天生就個性冷漠，我對這樣的自己沒有不滿，所以應該一輩子都會這麼冷漠。也有人跟我說「多笑一點會比較親切」、「根本浪費了這麼好看的一張臉」，但我從來都不當一回事。想要笑的時候，我自然就會笑了啊，但是這個世界上，有那麼好笑的事情嗎？究竟有什麼好笑的？我曾這樣問過班上的女同學，她們就傻眼地說「青海真不可愛～」。

結果，在旁邊聽我們說話的浩一說：

——咦？小滿很可愛喔！

他突然插進話題，正經八百地說：

——上次體育課的時候明明只是在跑操場，他卻絆到自己的腳，然後差點摔倒吧？這種地方可愛得要命，我都說不出話了。要是當時手機放在身上，我就拍下來了……！

女生們的表情更加目瞪口呆，我踢了浩一一腳。因為我坐著，這一腳沒有什麼力道，浩一只笑了笑。對於沒有運動細胞的我來說，跑操場根本是地獄……哪裡可愛了？少說笑了。

此刻，我的雙腳實在動彈不得。

好不容易踏出了一步，運動鞋踩在還沒有被任何人碰過的積雪上，發出細微的聲響。我走近浩一身邊。他的身體被撞飛之後橫倒在地，一動也不動。

「……浩一。」

我叫了他的名字。我站著看向躺在雪地上的浩一，叫他的名字。

車禍這種事情，我只有在電視上看過。

浩一的毛線帽掉在一旁。頭部流出血來，滲進雪地裡，慢慢擴散開來。他的頭是一種怪異的形狀，有個地方凹了下去。

「浩……」

我想再叫他一次時，浩一的鼻子流出血來。

必須叫救護車才行。

可是我沒有帶手機，前陣子掉到水裡就一直沒重辦。反正我沒什麼朋友，平常不常用到手機……至於浩一，每天都會見面……

「喂……浩一……」

毫無實感。我是不是在作夢？是不是我還在被窩裡，睡得太熟了，夢到格外真實的夢？

不過，我知道。

假如這是一場夢就好了，我這麼想著……這一切不可能是夢。

我聽見有人走過來的聲音。他慌張地跑過來，還在雪上滑倒，踉蹌了幾下……大概是那個卡車司機，但我沒有餘力去看他的長相。我只俯視著浩一，僵在原地。

「救、救……」

我聽見他走調的聲音，說著救護車的「救」。他拍了拍自己身上，發出沙沙聲響，大概是在摸索放著手機的口袋。

我當場跪了下來。

浩一的鼻血慘不忍睹，好可憐，我得幫他擦一擦。比起這種事情，明明還有應該優先採取的急救措施，我卻做不到。我當下只能想到——我要把浩一的鼻血擦掉，幫他把臉擦乾淨。

當我就要碰觸到浩一的人中時。

浩一猛然睜開眼睛，我下意識地縮回手。

接著，浩一馬上坐了起來，而且他的動作之快，不像受傷的人。一支手機應聲掉在雪地上，是卡車司機嚇到弄掉了手機。

「小……」

浩一只發出一個音，隨後猛烈地狂咳。他似乎是想叫我，但是被流進氣管裡的血嗆到了。我連忙替他拍拍背。

我記得前幾天的午休，他說烏龍茶流進奇怪的地方了，也像這樣咳了好一陣子。不過烏龍茶不是紅色的，現在他深藍色的長版大衣上，染上了不少血漬。

「咳咳……咳嗚……呼——……」

咳了好一陣子之後，浩一的雙肩放鬆下來。他依然坐在地上，抬起下巴嘆了一口氣，彷彿剛才是稍微做了一點運動。

「——奇怪，小滿，你受傷了嗎？」

然後他轉向我，如此問道。

「啊？」

「你臉上好像有血……咦？難道是我剛才咳出來的？」

「……是啊。」

「我吐血了嗎？」

「………對啊。」

我點了點頭。看來浩一是因為頭部受到劇烈撞擊，還沒辦法理解自己出了車禍。

「……我的頭感覺溼溼的……喔喔，是血。小滿，我這邊也是血耶。」

沒錯，是血，你應該更吃驚吧？

「真討厭～～好煩，紅紅的看起來好恐怖……啊，連雪都被弄髒了。」

他坐在原地，轉身用手把沾到自己鮮血的雪抹掉。浩一把抹完雪的手隨意往大衣上擦了擦，我終於可以問出從剛才就一直很在意，但實在不知道該怎麼問才好，結果無法開口的問題。

「……你不會痛嗎？」

從頭上流出來的血流下脖子，但鼻血似乎止住了。

「咦？啊啊，對了，我跌倒了嗎？」

要怎麼跌才會跌到吐血啊？

「不是，你被卡車撞到了……被這個人開的卡車。」

此時，我才終於看向卡車司機。那個中年男子仍然一副呆若木雞、說不出話的模樣，連撿起剛剛掉在地上的手機都做不到，瞪大雙眼看著浩一。

「卡車？」

浩一看到撞進行人護欄的大卡車，點點頭「喔～」了一聲。

「應該就是這樣吧～」

「你為什麼一派悠閒？你可是車禍的受害者耶！」

「小滿，你的表情也一如往常啊。」

「我是因為驚嚇過度，不知道要擺出什麼表情才好啦。」

「……我覺得你再多一點微笑會更可愛。」

「你先想清楚再講話，這種情況誰笑得出來？總之你先不要亂動，我現在就叫救護車。」

我說著，看向卡車司機，他才總算慌張地把手機撿起來，他的手還是劇烈地抖個不停。但是浩一竟然說「啊啊，算了，沒關係，不用叫救護車」。

「你在說什麼啊？」

「小滿，你太大驚小怪了，之前電視上有播過，說最近有很多人會因為一點點小傷就叫救護車，造成大家的困擾。」

「你的頭都凹下去了，還叫一點點小傷？」

「可是，我全身都不會痛啊，明明這麼有精神卻叫救護車很丟臉。搭救護車那種事，我想等到我變成老爺爺，吃麻糬噎在喉嚨的時候再體驗。」

「喂，等一下，你不要動！」

「嘿咻！」

浩一無視試圖阻止他的我，靈活地站了起來。我也嚇了一跳，但是卡車司機想必比我更驚恐。他握著手機發出尖叫，後退了好幾步。

我站穩腳步，以防浩一站不穩能攙扶他。

不過，浩一是一百八十二公分的籃球社社員，我則是稍微矮於平均身高的回家社，徹頭徹尾的不出門類型。要是他在這裡昏倒，我們一起倒下的可能性非常高。要是被一個傷患壓到受傷，那也太荒謬了。

……想了這麼多，結果浩一沒有跌倒。

我的體型瘦弱，他那令我羨慕的健壯身體連晃都沒有晃一下。儘管整顆頭已經被血染得鮮紅，臉色也非常蒼白，但他的表情還是一如往常地憨厚又天真。這個男生的字典裡沒有貧血這個詞嗎？

但是。

怎麼說呢？

還是——不對勁。

好像有點歪……他的肩膀位置，以人體來說是正常的嗎？

「嗯～？好像有點不對……」

他本人好像也發現了，低頭想看清自己的身體並說道。

「小滿，我的肩膀是不是怪怪的？」

「……不是。」

不對勁的不是肩膀，而是脖子。或者應該說是……頭部？就是脖子以上的部分往側邊轉了九十度。

人類就構造上來說，沒辦法只讓頭部完全轉向側邊。聽到有人叫你，轉頭回應的時候，肩膀也會自然地一起轉動。試著只把頭轉向旁邊就知道了，頂多只會扭到脖子。

但是現在的浩一，徹底無視了這種人體構造的基本概念。

「奇怪，脖子好像怪怪的。」

「……是啊。」

我也只能認同他的說法，因為實際上就是那樣。如果現在是夏天，浩一只穿著一件白襯衫的話，他現在這種忽視頸椎，扭轉脖子的狀態，應該能更容易用肉眼看出來。

「咦？怎麼轉不回來？這是什麼情況……真傷腦筋……嘿咻！」

發出喀嚓的一聲。

浩一兩手抓住自己的頭，強行把自己的頭歸回原位。

咚。

倒地的是卡車司機。

他當場昏過去了。嗯，我懂你的感受……我很想這麼說。這麼亂來的自助整骨行為也讓我嚇得臉色鐵青。

這果然不是在作夢嗎？

我試著捏了一下自己的手背。皮膚凍僵了但還是有知覺，該不會是那種有體感的夢？我想冷靜下來，深吸一口氣後，重新看向浩一。結果，我又發現一個新的事實，這次是……

「浩一……你的腳。」

站在我眼前的浩一，運動鞋的左右腳都朝著完全不同的方向。也就是說，他右腳的腳尖跟左腳的腳跟現在是朝著同一邊。

「哇？這是怎麼回事？唔喔，我沒辦法走路！」

那個樣子當然無法走路，因為那兩隻腳準備要往完全相反的向走啊。如果硬要前進，就會變成劈腿的狀態。

「……會不會是膝蓋，還是髖關節扭到了啊？」

只有這個可能。這樣還能站著，怎麼想都不正常，但現在我的腦袋拒絕去探究這個部分，大腦決定無視最基本的問題，只設法處理最表層的狀況。光是還能繼續思考就值得讚賞了。

「喔喔，真不愧是醫生的兒子。嗯～啊，膝蓋這邊感覺怪怪的。」

浩一在自己身上摸了好一陣子，最後又一屁股坐回雪地上，然後對我伸出左腳。

他的腳後跟朝著上方，十分不正常。

「小滿，你幫我弄回去。」

「我？」

「嗯，我的手不夠長啊。」

剛才很努力的我，在這一刻放棄了思考。

然後我蹲了下來。既然脖子那樣弄都沒事了，腳應該也不會有問題……我用這種鬼話說服自己，然後握住他的小腿和腳踝兩處。他的腿好壯。

「……你真的、不會痛嗎？」

「不會不會，你一口氣把它弄回來就好了。」

如果是夢，到這時也該讓我醒來了吧……在我轉動的那一瞬，就可以回到自己的床上了嗎？但這一切太過真實了，不論是血的氣味、運動鞋的硬度，還是現在跪在雪地上的雙腿感受到的冰冷。

果然還是太亂來了吧。就算不會痛，那樣亂搞也會出事吧。

雖然正常的思維掠過了腦海，但是現在這個狀況已經夠不正常了，所以毫無參考價值。我大概是陷入了某種恐慌狀態，難以接受現實，內心希望能夠試著修復他……而浩一的腳是唯一一個至少能夠具體修復的部位。

我按照浩一所說，把膝蓋以下的部位轉動半圈。

幾乎沒有感覺到關節的抗拒，他的腳復原了——看起來是復原了。我還是沒有從夢裡醒來。膝蓋的韌帶啊，我剛才做出了忽視你的動作耶，為什麼你都沒吭一聲呢？

「謝啦，嗯，做得很好！」

浩一輕巧地站起來，還「咚咚」地用腳尖跟地面打招呼，就像小學生拿新的運動鞋出來穿時會做的動作。

然後他揚起了笑容。

那張臉和平時沒有兩樣，只是白了一點。

看來，我也得下定決心了。這不是夢，不論有多奇怪、多詭異、沒有道理又邏輯不通，不合常識，此時此刻發生的事情就是現實，那麼我也必須接受它。

「浩一。」

「啊，得去幫幫那個大叔才行。他才應該叫救護車吧？」

「不，等一下，不行。他應該只是昏過去而已，不會有事的……先別管他了，你過來一下。」

「嗯。」

浩一一臉開心地靠過來。

凹陷一角的頭部側邊湊到我的眼前，我皺起眉頭。我往四周一看，馬上找到了他的毛線帽，幫浩一戴上。浩一彎下身，乖乖讓我戴上帽子，就像一隻最愛出去散步的狗狗乖乖讓主人戴上鍊子，做好外出準備。

我摸上浩一的脖子。從頭上流下來的血鮮紅冰冷，我不斷變換指尖的位置，但都找不到我想要找的東西。

「很癢啦，小滿。」

浩一縮起脖子說道。

哪裡？在哪裡？到底在哪裡？

……不管我怎麼找，還是找不到。

「你不覺得哪裡會痛是嗎？」

「沒有啊。不會痛，不會痛，但是啊，頭凹一個洞看起來是有點那個……等一下還是去趟醫院好了。去小滿爸爸的醫院比較好吧？啊，可是我沒帶健保卡，沒帶的話，他們願意幫我看嗎？」

「……不，我覺得別去醫院比較好。」

「為什麼？」

「如果我想的沒錯，你去醫院會引發大騷動。今天晚報的頭條都會是山田浩一，還會上新聞，不光是日本，全世界都會感到震驚。」

「情況好像很複雜？」

「浩一，我跟你說，人類會有痛覺，原本是要讓人察覺到攸關性命的危機。因為感覺得到痛，人們才能保護自己。雖然好像有極少數的人先天就患有痛覺麻痺，但如果是那種情形，就必須活得十分小心翼翼，因為一不小心就有可能受到致命的傷害。」

「嗯嗯？」

「感覺不到痛聽起來好像很強，實際上是完全相反。只要我們還活著，就一定跟疼痛脫不了關係。」

「那個，你可不可以講得簡單一點？我不像小滿，腦袋不好啊。」

好吧。

我就直白地說了，用十分淺顯易懂的說法。

「浩一，你可能…………已經是一個死人了。」

§

「完全聽不懂你在說什麼。」

雙手抱胸、皺著眉頭的，是我們班的班長。

他從一年級就擔任班長，從那時候起就一直被稱為班長，連班導師都這樣叫他，班上同學也不例外，那副黑框眼鏡讓他更符合班長的印象，「班長」已經比他的名字更適合這個人了。大概就算畢業了，大家也會繼續叫他班長。

「就是說，浩一被卡車撞到了，我想應該是頸椎斷裂，當場死亡。」

「青海，你的玩笑話對我來說太難懂了。」

「我不會開玩笑。」

「就是說啊，小滿不是會開玩笑的人啦。雖然他長得很可愛，但個性很酷。」

「山田，青海說你已經死了耶？」

班長看著浩一說道，隨後補了一句：「……臉色是滿差的啦。」

一大早，我們幾個待在保健室。浩一和我丟下昏倒的卡車司機，逃命似地來到學校。田邊的那條小路上，應該沒有任何目擊者。

「我沒有說他死了，我只是說他的心臟沒有在跳。」

「不是，那不就是死了嗎？」

「如果他已經死了，應該沒辦法動也沒辦法講話吧。」

我自己說完都覺得這段話支離破碎，可是，現在只能繼續相信這個理論了。事實是浩一的心臟已經停止跳動，但是他會動，也能說話。

「我的頭也被撞到了。這邊有一點凹下去吧？」

浩一把毛線帽拿下來，口氣開朗地讓班長看頭上的窟窿。班長的表情漸漸難看起來。剛才我們也有讓他確認過浩一真的沒有心跳了，但是他那時候淡淡地笑著說「哪有可能」，看來頭部凹陷比較令人震撼。

「……我……我還是不太懂，但是把他帶來學校的保健室也無濟於事吧……」

「不然你告訴我，還有更適合的地方嗎？」

我說完，班長就回答：「青海家不就是醫院嗎？」

「沒有錯，而且家父是最愛錢又最愛名聲，鐵血無情的經營者，也很會操縱媒體。『活屍傳奇：奇蹟高中生山田浩一』是很棒的話題吧？你身為班長卻要讓班上同學暴露在世人好奇的眼光之下，你的良心不會痛嗎？」

「可是這種事情也瞞不過去吧……假設山田現在真的是一具屍體……」

「瞞得過去，因為他本人還能活動啊。」

「可是肇事的卡車司機應該已經報警了吧……」

「是有這個可能。雖然我們把他丟在現場就來學校了，不知道後續的情況，但如果他不是很壞的人，應該已經報警了。可是被害者已經從現場消失了。」

「血跡呢？」

班長說得很有道理，但我看著窗外，只回答他「已經下雨了」。雨水很快就會把積雪融化，流過路面。就算在現場發現了血跡，也不知道那是誰的血。這種情況下，作為加害者的卡車司機會被判處多嚴重的罪刑，對我們來說一點也不重要。

「……咦，我的褲子好像破掉了……而且溼溼的……？」

坐在鐵椅上的浩一小聲說道，我立刻扶他站起來。椅子上出現了一小灘血跡，我對班長說：「你來擦一下。」

「咦，我來擦？」

「還是你想幫浩一擦身體？」

班長馬上站起來說「我來擦椅子」，然後走向保健室角落的掃具櫃。我把區隔病床區的簾子拉開，讓浩一站在床前。

接著我拿了幾個垃圾袋，先把其中一個撕開成一片，鋪在床上，然後又拿另一個給浩一。

「你把身上沾到血的東西都脫下來，裝到這裡面。」

「嗯。」

「不對，沒沾到血的也全部脫掉好了。內褲不用。我看看你身體的情況。」

「嗯……嗚喔，我的褲子竟然沾了這麼多血。」

我們的制服是黑色的立領制服，所以看不太出來。看到浩一脫得只剩一條四角內褲，我頓時心裡一緊。他的左大腿正面有一條很大的撕裂傷，從大腿根部到膝蓋，是一道差不多二十公分的斜長傷口。已經沒有再流血了，可以看見黃色的脂肪層……老實說，滿噁心的。擦好椅子的班長朝這邊走來，又直直地往後退。

「……應該是被行人護欄的邊緣割傷的吧。」

「剛剛被大衣蓋著，我都沒發現。這該怎麼辦啊？這用OK繃黏不起來吧？」

「……我是聽說過緊急狀況時，有人會用封箱膠帶來止血啦……你沒有在流血了……可是也不能就這樣不管………班長。」

班長依舊站得遠遠的，全身發抖，被我一叫後縮起肩膀。

「什……什麼事？」

「你有帶針線包對吧？」

「……青海，你該不會……」

「對，你常常會用什麼史瓦辛格的縫一些東西吧？」

「你說的是電影演員，而且我也沒有用史奴比的針線包……！」

「什麼顏色的線都可以，是要做個緊急處理而已。」

我出聲催促，班長心不甘情不願地拿出小針線包。他之前曾一臉得意地說「現在男孩子也應該帶這些在身上」……不過根本沒機會拿出來用。現在可以派上用場，不是很好嗎？針線的顏色很齊全，我先選了粉紅色的線，應該是最接近肉色的選擇。

「浩一，我要把傷口縫起來，你先躺下。」

浩一終於露出了「咦！」的驚恐表情。大概是對被縫補這件事感到抗拒，不過，他又怯怯地多看了自己的傷口幾眼，似乎下定了決心，聽話地躺到病床上。

「雖然我一直問很煩人，可是你不會痛嗎？」

「嗯，一點都不痛。」

為什麼？因為他是死人。可是他會動，還會講話，那又是為什麼……？

……我把這一連串的思考趕出自己的腦袋。要是陷入這個無限循環的思維中，我一定會無法下手。

我把線穿過針孔準備好，雖然不知道有沒有這個必要，但我還是替他的傷口消了毒。傷口的顏色很鮮豔……不要把它想成人體，現在我眼前的是一公斤不知道多少錢的肉。雖然對不起浩一，但我還是決定這樣想。我確實是醫生的兒子，但這不代表我對活生生、血淋淋的傷口見怪不怪了。

「如果縫得太緊，你活動的時候可能會有拉扯的感覺，所以我就大概縫一下喔。」

「嗯……好厲害喔。小滿什麼都會耶～」

「我沒辦法縫得多好看。」

「沒關係啦，傷疤是男人的勳章嘛。怪醫黑傑克也很帥啊。」

「怪醫黑傑克不是用粉紅色的縫線就是了。」

做完非常粗糙的縫合，接著我在上面纏了好幾圈繃帶。浩一坐起身也沒有再滲出血來，站起來活動似乎也沒有不便。至於他應該已經完全分離的膝關節，我決定還是別去想了。

除了大腿以外沒有嚴重的外傷，但全身上下都是小擦傷。

「我覺得小腹比平常還突出耶，我明明沒吃早餐。」

「……你別想太多。」

可能是某部分的內臟破裂導致脫垂——這種事情就算講出口，也不會對任何人有任何幫助吧。所以我什麼也沒說，再度讓浩一坐下來。我拜託班長去拿浩一的運動服過來，班長老實地點頭，但當我要把針線包還給他的時候，他說著「那個給你」拒絕了。我想，班長現在大概也因為腦袋太過混亂，沒辦法思考了吧。他是個特別一板一眼的人，應該不會去跟別人多說這件事。

「來，我幫你擦一下後面。」

「嗯。」

我從浩一的脖子擦拭到寬闊的後背，順便確認一下情況。頸椎的部分……這也太慘了……不過脊椎似乎沒斷。要是脊椎也斷了，就很難站起來了吧。不對，肌肉是不是能靠意志力撐起來啊？什麼叫肌肉的意志力？我看我也不太正常了。

頭部也已經不再流血了。傷口本身並不大，問題在於腦部的損傷。不對，問題是他的心臟已經停……STOP，不可以再想了。

「欸，我真的是一個死人嗎？」

仔細想想，這個問題荒謬無比，因為是死人本人問出口的。但我也只能淡然地回答他。

「至少你的心臟沒有在跳了。」

「可是你看，我還會呼吸耶？吸——吐——對吧？」

「我才想問你為什麼心臟明明沒有在跳了，卻還在呼吸呢。」

說到底，心臟的功能是一種泵浦，負責讓血液在身體裡循環。它會將新鮮的血液送往全身，然後將帶有二氧化碳和代謝廢物的髒血送往肺部。血液會在左右兩側的肺內吸收氧氣，重新變成乾淨的血液。為了獲得氧氣，人類才會呼吸，所以心臟已經停止了卻還在呼吸，說白了就是毫無意義的行為。死人不用呼吸，不對，就算命令一個正常的死人呼吸，它也不會呼吸，它做不到。

「嗯～我覺得大概……就像一種習慣動作吧？」

浩一傻里傻氣地說道。畢竟每個人都有自己的習慣……不對，但不能把呼吸當成習慣動作吧？呼吸是一種身體的不自主運動，不是某種習慣。啊啊，不行，越想越混亂。我把自己的思緒強行切換到其他方向，專心把浩一頭髮上凝固的血處理乾淨。保健室裡有熱水可以用真是太好了。我把毛巾弄溼，仔細清理。

班長把浩一的運動服拿來了。浩一換上運動服，說著「啊～好冷喔」。他明明沒痛覺，卻可以感覺到溫度嗎？

「他看起來真的一點都不像已經死掉了啊。真是不敢相信。」

我們家班長說好聽點，是個正經又很有正義感的人，說難聽點就是不知變通。他一開始看起來之所以不怎麼驚訝，想必是因為需要時間理解這件事。走回班上拿運動服的時候，他才漸漸意識到這個奇怪的現狀，現在拚命地想要在自己的常識範圍內找出一個說得通的邏輯。

「……你可不可以不要一直說他『已經死掉了』？總覺得很不舒服……啊，這邊還有黏到一點點血。浩一，你不要亂動啦。」

「可是小滿，你扯到我的頭髮了啦～好痛。」

「但是，青海，如果說山田的心跳真的已經停止了……」

「好痛！」

「被卡車撞到都不會痛的傢伙，為什麼會因為頭髮被扯幾下就喊痛啊……唉，這邊乾脆剪掉比較快吧……其實去洗個頭就好了……」

「青海，山田他其實還沒死對吧？」

「班長，你要叫我講幾次？他的心臟已經沒有在動了。我認為頸椎的傷是致命傷……真虧他的頭還好好地掛在上面……」

「我的脖子很盡忠職守啊！」

浩一用很想得到誇獎的語氣說道，但我無視他。

另一方面，班長語氣有點煩躁地說：「死人不會說話吧。」

「話說回來，他為什麼還會動？又不是殭屍。你們兩個是用了什麼很厲害的手法來耍我的吧？」

「班長，你冷靜一點。你覺得浩一有什麼理由不惜把自己的頭弄凹，就只為了要你嗎？」

「是……是不會啦。」

「這個情況的確很不正常，但這是事實……我自己也懷疑過很多次，這是不是格外真實的夢，但不是，這是真實到不能再真的現實。你真的那麼不相信的話，過來摸他看看吧。」

「咦！呃，不用，沒關係。」

「你這樣對浩一很沒有禮貌耶。不要歧視死人啦，來。」

既然如此，那就來硬的。

我抓住班長的手，硬逼他觸碰浩一的臉。也許是因為班長平常都主張不能有差別待遇，他沒辦法多做反抗，雖然表情十分扭曲，還是摸上坐在床上的浩一的臉。

「咿！好冰……」

「對吧？不是活人的體溫吧？就跟室外的氣溫差不多，可是本人卻說他不會冷……浩一，我沒說錯吧？」

「嗯，我沒有覺得特別冷耶，跟平常的冬天一樣啊。」

「還、還是什麼假死狀態？」

「他還在走來走去、講話，不能說是假死狀態。」

「你……你為什麼這麼鎮定啊，青海？」

「就是說啊～小滿真的超冷靜，so cool～我都忍不住依賴你了。」

「你也是，為什麼這麼淡定，山田？死掉的是你耶？」

班長都說到破音了，我跟浩一異口同聲道：

「不然要怎麼辦？」

我也很想知道啊，你倒是教教我。

浩一更是這麼覺得吧。心臟都停止了，這下該怎麼辦才好？他應該已經想過不下百次了，然後想了一百次也沒想出答案。站在床邊的班長嘴巴開開闔闔，拚命摸索話語，但是不論他再怎麼嘗試還是苦思無果。愛鑽牛角尖的班長臉色越來越難看，我開始覺得有點同情他了。

「那個，班長，浩一現在真的是死亡的狀態，但還是可以動，也可以說話。」

我盡可能用平穩的語氣敘述。

「他可以說是活死人，是一個史無前例、破天荒的案例。但是你想一想，這反而比較好吧？我是說，明明活著卻死去的人。心臟還在跳動，血壓脈搏也正常，身體也是溫暖的，卻不會動也不會說話。」

「……你講的……不就是我們一般說的植物人嗎……」

聽他這麼一說，我才發現的確是如此。我點點頭含糊地回應：「嗯，差不多吧。」

「如果浩一現在是變成那樣呢？」

「那當然很可憐……」

「嗯，超可憐的。我不想變成那樣啊……」

連浩一本人都感傷地說。

「對吧？那現在這樣不是還算好的嗎？雖然不知道為什麼會變成這樣，但總之，浩一現在還這麼活蹦亂跳。」

「呃……活蹦亂跳？」

班長一臉恐懼地看著浩一說。浩一露出一個讓人看了會自然放寬心的笑容，說：「嗯，活蹦亂跳的！」沒錯，活蹦亂跳的。有活力就是一件好事吧，雖然沒有心跳了，但他還好好的。他自己都這麼說了，那就沒問題。

「可是……不用、去醫院什麼的嗎……？」

「我剛剛也說過了吧。浩一現在這個情況一旦被社會大眾知道了會引起騷動，然後他會不斷被大家研究、被翻來弄去，還會出現大學醫院或衛福部之類的機構，他一定會馬上被強制住院隔離。」

「我會被隔離起來嗎？我不想耶。」

「……你的意思是說，要是我們不保密就糟了嗎？」

我看著班長，點了一下頭。

「我們需要你的協助。可以請你集合班上同學嗎？」

「咦？」

「浩一現在是個死人……不對，是死亡狀態，但是人還活著，因此浩一有他的人權，也有上課的權利，我希望他可以像之前一樣，繼續過他的高中生活。」

沒有錯。

就像以往一樣不變的日子，從安穩無事的昨天延續到今天，我們的生活會一直一直持續下去。我會跟浩一一起走路上學、和他面對面吃便當、放學去麥當勞教他寫作業——

我不會停止這一切。

「可是再怎麼說，他現在臉色那麼糟，摸起來也冰冰涼涼的，頭還凹了下去。班上同學天天都見得到面，很難不被發現，遲早會引起騷動。」

「這……是沒錯。」

「所以要在被發現之前告訴大家。我想跟大家坦承浩一的狀況，取得他們的理解後，請全班同學幫忙。」

「咦～他們會理解嗎？」

傻傻地說出這一句話的是死人本人。我稍微罵了浩一一句「你給我閉嘴」，然後又看向班長。他的黑框眼鏡滑下鼻梁，表情困惑至極。

「太荒謬了啦，青海……你要怎麼讓他們接受這種事啊？」

「即使如此我還是要做。這件事情本來就很荒謬，我們就坦然接受這種荒謬吧。不然再這樣下去，浩一會被送去醫院隔離，甚至會被送去WHO之類的地方，最慘還會被解剖。你能讓同學被切成肉末嗎？」

我的用意是想嚇唬他，但也無法保證這完全不可能發生。

「畢竟他可是被卡車撞到也不會死的男人，就算被解剖，或是被切碎了，搞不好也不會死。被切成肉末的浩一，說不定會每天晚上到班長的床邊找你喔。」

「你、你不要再講了！很恐怖啊！」

受不了恐怖故事的班長嚇得全身僵硬。

浩一在一旁小聲碎念著「我才不會做那種事……」。我知道，你不是會懷恨在心的那種人。就算被切成碎塊，倒比較有可能找我玩。

但現在最重要的是要把班長拉攏過來，讓他和我們同一陣線。

「不要擔心，詳細情況由我來跟大家說明。今天的第一堂課……是現代國文，那剛好，班長你幫忙把小河老師趕出教室就可以了。」

「什麼趕出教室……太亂來了。」

「就說要開緊急班會吧。小河是我們班導，班長去跟他說的話，他應該會通融。接下來你就站在我旁邊，擺出正經八百的表情點頭就行了，可以替這件荒唐無稽的事增加說服力……大概啦。」

「什麼大概……」

「班長，你也想保護浩一吧？不希望他被切成肉末吧？」

「那、那還用說！誰會希望自己的朋友被切成肉末啊！」

沒錯，能像這樣坦率地用認真的口吻講出這種話，就是班長的優點。既然要把全班同學牽扯進來，運用他這個特質，應該會比展現什麼三流演技來得有效。

「可是，青海，假設班上同學接受了……那放學之後該怎麼辦？山田回到他家的話，再怎麼樣都會被發現吧？」

「我今天會先讓他來我家。反正我媽不在了，我爸會整天窩在醫院，不會回來。就算他有回家，也不太會干涉孩子。」

至於明天過後就之後再說了，首先要解決眼前的問題。

浩一好像很佩服我處理事情有條有序的地方，但我自己不怎麼喜歡。這大概是遺傳自父親，儘管不喜歡，我現在也必須把這樣的性格發揮到極致，把這可說是超自然現象的狀況融入現實。

班長低下視線，思考了好一陣子。

最後他把目光放到坐在床邊的浩一身上。那健壯的身體裹著學校運動服，他抬起頭，有點為難地看著班長。他的頭不管怎麼看都明顯地凹陷了一角，不知道是不是覺得被盯著看很尷尬，浩一用雙手揉著毛線帽，侷促不安。

「我知道了。」

班長說。

「試試看吧，雖然不知道會不會成功……但至少我是會站在你們這邊的。」

很好，拐到一個人了。

我沒有把內心的想法表現在臉上，只用鬆了一口氣的語氣說：「太好了呢，浩一。」浩一點了點頭，對班長綻開笑容說：「謝謝你！」那個笑容沒有一絲虛假，班長自然也跟著露出笑容。

早上的鐘聲正好在這個時候響起。

「好，走吧，浩一……把帽子戴起來。」

我這麼說完，浩一雖然乖乖聽話地戴上帽子，但還是在意地說：「在學校裡戴這個會被老師罵吧。」

「說是健康因素，需要戴著就好了吧？」

班長提出建議。畢竟頭都凹下去了，確實是健康因素沒錯，但如果被要求脫帽檢查也很麻煩。

「……就說是得了圓形禿吧，這麼說的話，應該不會被要求脫掉檢查。」

「小滿好聰明！」

「青海臨機應變和解決問題的能力都好強……之後果然會去當醫生吧？」

「不會。」

「為什麼？」

因為爸爸是醫生，還在經營醫院，我時不時會被問到這個問題。順帶一提，也常常有人會擅自認為「你的成績這麼好，一定會考上知名大學的醫學院」。

「我不是當醫生的料啦。」

「是嗎？你這麼冷靜，很適合當外科醫生。如果我是病人，比起親切但技術一般般的醫生，我會選擇冷漠又不近人情，但是技術高超的醫生喔。」

「我既冷漠又不近人情真是抱歉啊。」

「啊，我不是那個意思……」

班長應該沒有惡意，我對慌張的他說了一句「沒關係，反正也是事實」，之後繼續說：

「我爸爸的確就是冷漠但技術高超的醫生。我覺得做為一個醫生他很優秀，但……」

最後還是沒把我媽救回來……這句話浮現在腦海裡，但我把它揮出腦袋。我選擇了另一個回答：「但我不想變成他那樣。」

「畢竟小滿的爸爸感覺超忙的，也常常睡在醫院裡。」

雖然浩一多半是無心的，但他完美地幫我打圓場。班長便說著「這樣啊，畢竟那是很辛苦的工作啊」，擅自認定了我不當醫生的理由。

「啊，對了。山田，你還沒有交升學志願表吧？小河老師很頭痛喔。」

「喔喔，我都忘了……因為我不知道要選哪個系……」

「山田會選理工科吧？」

「嗯，工學院。我沒辦法進醫科。」

「也好啦。要是你不小心進了醫學院，被誤認為大體老師會很麻煩。」

以班長來說，這個玩笑真是地獄呢……我這麼想的同時看了他一眼，他的表情無比認真，真是沒有自覺的傢伙，附和地回答「說得也是～」的浩一也一樣。

還是說，這兩個人都達到能一臉正經地互開玩笑的高級搞笑境界了？我已經……越來越搞不懂了。

說著說著，我們快走到教室了。

§

「所以請大家注意聽。」

班長站在講臺前說道。

事情依照我的計畫，第一堂的國文課被突然改成了班會課。班長向小河老師表示有件事情無論如何都需要班上同學私下討論，小河老師就像平常一樣語氣和藹地說了句：「下不為例喔。」妥協了。

「山田浩一同學今天被卡車撞到了，現在沒有心跳，臉色變得很糟，體溫也很低。」

全班同學幾乎都一臉呆愣。

從他們的表情能看出內心的潛臺詞：班長，你是怎麼了？你不是會開這種玩笑的人吧？你看看，完全冷場了……

「這件事如果被社會大眾知道了，或者在媒體上傳開來會造成大騷動，山田同學也很難再繼續當一個普通高中生。我們希望大家能夠同心協力，一起守護山田同學的『受教權』，目前將這件事情全面對外封鎖，當成我們班的祕密就好。」

班長說完，經過微妙的停頓之後，二年C班爆出了笑聲。

其中也有傻眼的笑和嘲笑。嗯，也都是意料之內的反應，只說明這些就要人家相信才是不可能的事。戴著毛線帽的浩一將椅子搬到教室前方的角落，和我並肩坐下。他也被大家的笑聲感染，「哈哈哈」地笑著，但他的臉色還是一樣慘白。

班長面對大家的哄笑，繼續說道：

「呃，也就是說，希望大家想像一下，假如自己身處於山田同學這樣的處境，會有多不知所措……」

要大家想像這種事情也太難了吧？心臟停止了卻還在活動、說話，根本無法想像。班上有大半的同學都沒有在聽班長說話，女生開始聊天，也有男生趴在桌上，準備入睡了。即便如此還是有人願意聽，都是因為浩一平時在班上是很受大家喜愛的人。大家搞不好覺得是浩一叫班長配合他，在開奇怪的玩笑吧。

「同學們，拜託，聽我說。」

班長拚命地說著，坐在前排的男同學訕笑道：「不是啊，你說他心跳停止了……」

「可是山田跟平常沒兩樣啊！明明還會動、還會講話，只不過是臉色差了一點，你卻說他沒有心跳了～」

「可是他的心跳真的已經停止了。」

「心跳停止會死吧！」

「唉……一般來說是那樣…………所以現在就是發生了前所未見的狀況……」

「好～那人家來確認一下山田的心跳！」

這麼說完，舉起手的人是橋本郁美。她站起身，那頭有點褪色，只有兩側剪出層次的長髮搖曳。

她對浩一有好感是眾所周知的事，因此同學開始起鬨。

「我說橋本，妳只是想摸山田而已吧～」

「喔喔～可以感受他心跳的大好機會！」

就算被大家開玩笑，她也毫不介意，反而笑得滿面春風。個性率真、直來直往的橋本，在暑假前曾經跟浩一告白，然後馬上得到一句「謝謝妳，對不起」被拒絕了。真的是秒答，甚至讓橋本十分尷尬地說「欸，你也假裝考慮一下吧？」。當時我也在場，所以印象很深刻。

橋本踩著輕巧的腳步來到浩一身邊，接著……

「為了確認心跳是否已經停止，可不可以讓我摸一下嗎～！」

她大方地問道。就算告白被拒絕了，她對浩一的態度也沒有什麼改變，還是一如往常的開朗活潑。我有時候會覺得，橋本跟浩一有點像。

浩一不知道該怎麼回答，轉過來看我。

「小滿，可以嗎？」

「為什麼要問我？」

「不是，我想說起碼要問一下……」

「你就讓她摸吧，這樣比較快。」

「喔喔，既然小滿都這麼說了……」

他高大的身軀站起來，向橋本走近一步。

大家再度大聲起鬨，一開始橋本嘻笑著對大家比出勝利手勢，但當她重新轉過來，真的準備要摸他的時候，她抬頭看著浩一，瞬間僵住。

「山田……你的臉色真的好白……」

「嗯，但我沒有流那麼多血就是了。」

「你是不是在臉上擦了什麼？粉底之類的……」

「啊哈哈，我幹嘛要擦那種東西？來，心臟在這邊。」

浩一指著自己的胸前，橋本怯怯地伸出了手。她的指尖剛碰到浩一的運動服就定住了，並露出下意識害怕未知事物的表情。

「妳這樣子沒辦法確認吧？」

「呀！」

浩一輕輕抓住她的手腕後，橋本尖叫出聲。她被浩一冰冷的體溫嚇到了。班上同學都笑了，似乎以為橋本是在開玩笑，但是──

「不要、不要不要！」

「橋本？」

「放、放開我！」

明明是她說想摸，浩一才同意的，現在她卻要求浩一放開。浩一大概覺得很困惑，他依然抓著橋本的手，轉過來看我。

「不要，不行，拜託你放開……！」

橋本完全嚇壞了，甚至嗚咽起來。浩一連忙放開手，人也往後退一步，低下頭小聲地說了聲對不起。這時，同學們才終於發現橋本是真的在害怕，教室裡出奇地安靜。

我嘆了一口氣後站起來，冷靜地說：

「橋本，是妳說想要摸摸看的吧？」

「可是，山田他真的好冰……像死掉了一樣冰冷，好可怕……」

「我們一開始就說過了啊，他已經沒有心跳了，體溫也非常低。」

「誰會相信那種話啊！」

橋本就快陷入恐慌了。這可不行，只要有一個人開始恐慌，周遭的人就會馬上被這種情緒感染。接下來，該怎麼做呢……？

我先平靜地護送橋本回到她的座位。我讓她坐好之後，輕輕拍了拍她的肩膀，然後走向講臺。我盡量放慢腳步，走得四平八穩，為了做給大家看。接著我往黑板前面一站，拿起一支粉筆。

「先跟大家說清楚，浩一『還活著』。」

我先強調這個部分。人們總是會對「死」這種驚人的字眼感到害怕。

「他還會動、會講話，所以他還活著。但是，他的肉體是這樣的情況。」

我用比老師還快的速度，喀喀喀地一口氣在黑板上寫下清晰可辨的端正板書。

山田浩一的現況

脈搏……無

血壓……無法測量

體溫……低於溫度計測定範圍

瞳孔……正常

心跳……無

呼吸……持續，但可以視為慣性

意識……正常

「最重要的是最後這一點。他的意識很正常，所以當然也有感情。」

我用紅色粉筆把「意識」兩字圈起來，然後對浩一招招手。浩一的表情比平常還緊張，走到我身旁的步伐略帶遲疑。我在他耳邊小聲地說「別擔心」，他才露出一絲微笑。

我在黑板上繼續寫下這句話。

車禍造成的傷勢……頭部側面凹陷、左大腿前側撕裂傷、其餘多處

「他還擁有情感，所以一句無心的話都會傷到他。不會跳動的心還是會破碎的，希望同學們可以顧慮到這一點……浩一，帽子拿下來。」

「嗯。」

浩一拿下毛線帽。坐在第一排的男同學向前傾身，說著「……哇，真的凹下去了！」。接著有幾個人也勇敢地來到講臺前，想要親眼確認，浩一便貼心地彎下身來說「這裡，你看」，讓同學們看個清楚。

「嗚、哇……山田，你不會痛嗎？」

「嗯，不會痛，其他傷口也不會。」

「喔……青海，山田這是那個嗎？類似腦死之類的？傷得這麼重，腦袋應該受損很嚴重吧？」

面對這個提問，我淡然地回答道：

「腦死是指利用醫療技術勉強延續生命，但是腦部機能已經下降至不足以維持生命的情況。失去意識、腦波毫無起伏、無法自主呼吸……其他還有很多細項的標準，要滿足所有條件才會被判定為腦死。那種情況下，當然無法行動也沒辦法說話，但是心臟還在跳動。而浩一是既可以行動也可以說話，不過，心臟卻沒有在跳。」

「咦……咦？那就是說心跳已經停止了，但是腦部還在運作嗎？」

「那不可能吧。心臟停止跳動的話，血液不會流動，腦部會馬上缺氧。所有器官中，最消耗氧氣的是大腦啊。」

我這麼回答後，另一個女生舉起手。我好像變成了老師。

「所以說，山田同學的大腦也沒有作用嘍？」

「這樣想比較合理。」

「但是大腦明明沒有作用了，為什麼還能思考、說話呢……？」

我哪知道啊？去問神啦。

我很想這樣回答，但是我不能在這時就此不管，我得好好引導同學們才行。得想辦法讓大家認清浩一現在的狀況，但又不能嚇壞大家，讓大家一起守住這個祕密……

「大家都知道大腦在什麼地方。正如大家所知，就在我們的頭蓋骨裡。但是，靈魂呢？靈魂在哪裡？」

只能蒙混過去了。

盡全力蒙混過去。用盡力氣詭辯，蒙混過關。

「即使使用現代的醫療技術，還是不知道人類的靈魂或精神在什麼地方。當然，腦和靈魂或許有所關聯，但無法斷言就是這樣。」

「呃……就是說山田的大腦已經死了，但靈魂還沒有死嗎……？」

班長，幹得好，我就是想要這個答案。雖然你大概是單純想問，但問得正是時候。

「沒錯，我再說一次，浩一還活著。雖然以科學的角度來看，他是一具死屍，但他還活著。」

以科學的角度看來是一具死屍的話，那就是一具死屍啊……我強行壓下想要用力吐槽自己的衝動，繼續說道：

「因為，他的靈魂還沒有死啊。」

靈魂。精神。心靈。

人們喜歡這種模糊不清的詞語。模糊不清就表示有彈性空間，越能自由解釋，因此令人著迷。可以看出同學們到剛才都很僵硬的表情緩和了一些，當事人浩一則在我旁邊深有感觸地喃喃自語「靈魂啊……」。嗯，你一直這樣下去就可以了，維持你天真老實的人設吧，畢竟要是一個硬邦邦、很難相處的死人，大家也會害怕。

「這樣大家有注意到這個問題的核心了嗎？」

我問道，環顧全班一圈。我不喜歡引人注目，也超討厭像這樣站出來演講，但現在我沒有選擇。

「說到頭來，人類的死亡是什麼？活著又是什麼？我們是拿什麼當依據，判斷生死的呢？面對怎麼樣的對象，能夠感受到對方是活著的？不就是能夠溝通、能夠對話、能夠取得交流的時候嗎？至少我是這麼認為的。所以，我能感受到浩一是活著的。浩一的靈魂、感情、智力都還活著，就算他的心臟不跳了，身體像一個行走的退熱貼，大腦也無法運作了，浩一的靈魂還活著。他會動、會說話，還會思考，他現在還這樣——看著各位同學。」

我用手肘頂了浩一一下，要他把目光放到全班同學身上。真是的，他以為我是為了誰發表我不熟練的激情演說啊？一直在發呆的浩一終於回過神來，對大家笑容滿面地揮揮手。還真陽光……我希望你營造出更感人肺腑的氛圍啊。

「嗚……嗚嗚……」

反倒是班長幫了個大忙。他坐在離講桌不遠的地方，把臉背過大家，忍住眼淚。機會來了，我走到班長身邊，將面紙遞給他，續道：「其實我也不喜歡這種說詞。」

「但我找不到其他說法……這就像是奇蹟。山田浩一還活著，他是一具死屍，但他還活著。」

奇蹟，也是很方便的詞。

也可以說是阻斷別人思考的關鍵字吧。好，我要加油，雖然這場演說不太像我的個性，但是就差臨門一腳了。

「要是把浩一交給那些頭腦僵化、被常理局限住的大人們會發生什麼事？就像班長一開始說的一樣，社會和媒體都會大為轟動。浩一肯定不是被關進醫院……就是被送進實驗室，成為那些渴望用科學解釋奇蹟的研究者的犧牲品，變成難以言明的人體實驗素材。在他們的眼裡，沒有心跳的浩一只是一具大體，他們不會考慮什麼人權……只會解剖……」

「不可以這樣……！」

喀咚！一聲，橋本站了起來。

「解、解剖什麼的……絕對不可以！我不能讓山田受到那樣的對待！」

她的臉色蒼白，但不再是因為害怕浩一，而是害怕讓浩一——自己的同學慘無人道地離開。

我把握住這完美的發展發揮。

「我也不希望這樣，根本不想想像……」

目前為止我都淡淡地說著，這時才第一次皺起眉，低下頭，但旁邊的浩一緊張地湊過來看著我說「咦、咦……小滿，你還好嗎？」。我很好，拜託你不要破壞氣氛。

「能保護現在的浩一的，只有我們了。」

我抬起頭，終於進入最後環節了。要是最後說一番長篇大論，一切都會前功盡棄，我現在必須說出一句簡單明瞭、強而有力、能夠刻在大家心裡的話。

「所以麻煩大家幫忙……拜託你們了。」

懇求。

這是比起命令、脅迫，更能使人行動的話語。尤其是至今為止不曾拜託過別人的我，如此苦苦懇求。

儘管還有幾分遲疑，但全班同學都確實點頭同意了。

2

前年的春天，我遇見了浩一。

我不知道那一年在這個世界、這個國家究竟有多少高中一年級的學生，雖然說只要查一下就能得知，但我不會專程去做這種事。總而言之，我想應該非常多人。在這之中，我和浩一進了同一間學校、編在同一個班級，視線偶然交會，就機率來說，或許可以說是奇蹟。

……我當然不可能這麼想過。

容我再說一遍，奇蹟是一個能阻斷思考的詞。懶得思考時很好用，但要是用過頭會變成習慣。

我和浩一之所以會對上眼，是因為我一直看著他。而我會一直看他，是因為他長得十分高大又顯眼。我想他在入學時，身高應該就超過一百八十公分了，其他學生也紛紛對他投以「那個同學好高啊」的目光。

然後，浩一也看向我，我們對上了目光。

現在浩一總是傻里傻氣地衝著我笑，但是當時的他半點笑容也沒有，我甚至覺得他在微微瞪著我，所以我也瞪了回去。當時的我是不到一百七十公分的瘦小身材，還有一張跟國中生沒兩樣的稚嫩臉孔，甚至長得很女孩子氣，要是在氣勢上輸了，馬上就會被瞧不起。我本來能輕鬆考上第一志願的升學學校才對，但是落榜了，才來到這間備胎學校，我絕對不想變成被別人呼來喚去的跑腿奴隸。

我用力瞪回去，甚至快發出電流聲時，浩一先別開了視線。

我暗中鬆了一口氣，但半個月後，還是被浩一指名叫出場了。老實說，當時我的心情是：不會吧？死定了。

才過了半個月，浩一在班上的地位已經穩如泰山。

他的運動神經發達，在籃球社也被視為潛力股，身材高大但個性平易近人，又很愛笑，因此他交到了很多朋友。雖然沒有特別帥，但是有張討人喜歡的親切長相，而且對男女同學都一視同仁。他或許知道自己高大魁梧，所以動作穩重謹慎，不會帶給別人壓迫感。他的便當格外豐盛，周遭的人常常拿這件事來開他玩笑，浩一則會有點害臊地回答「我媽媽每天早上都煮太多了」。

他的形象就是這樣，自然非常受歡迎。

這麼受歡迎的人，有一天表情嚴肅地對我說：「可以跟我出來一下嗎？」

雖然我擺出一張愛理不理的表情，但我的內心充滿了一堆問號。我哪裡得罪了這個人嗎？我明明幾乎沒跟他說過話啊？開學那天果然不應該瞪他的吧？

浩一是特別引人矚目的人，而我或許也特別引人矚目，但是完全相反的那種，因為我的成績特別優秀出色，個性又格外孤僻冷漠。我的長相似乎是女生喜歡的類型，一開始也有女孩子會來跟我說話，但我的態度太冷淡，對方馬上打了退堂鼓。我想要把自己設定成「很聰明但是個性陰沉又沉默寡言，不過分組討論的時候有他在會很輕鬆」的定位，並不是想要被排擠，這個分寸很難拿捏。

浩一把我叫到圖書館旁邊，通往學校後門的小路。

我記得那天幾乎凋謝的八重櫻花瓣散落一地，地上鋪著一整片深粉色的地毯。浩一雙手插在褲子的口袋裡，微微低著頭對我說——

我可以跟你做朋友嗎？

我回答他：

「這是哪招？」

我用幾乎在藐視他的冷淡語氣說道，或許就像要和他打一架，因為我覺得他在捉弄我。

結果，浩一看著我，眨了兩下眼睛，說了一句「那個……」後續道：

「就是當朋友啊……我是想問，你能不能跟我一起玩？」

他這麼解釋。我是能理解字面上的意思，但是我越來越不爽，也直白地表現在臉上，粗聲粗氣地回答：

「我不需要能一起玩的朋友。」

「那當一起聊天的朋友也可以。」

「我也不需要。」

「不然當不講話的朋友也可以。」

「………」

不講話的朋友是什麼？沒有那種東西啦。

可是這時，我不小心開始想像起來。明明待在一起，兩個人就在彼此身邊，卻誰都不開口，只靜靜待著的朋友。各自做各自的事情，比方說一個人看書，另一個人玩遊戲，卻不覺得尷尬，十分自然的關係。那樣說不定挺有意思的。現在想想，兩個人待在同一個空間卻不交談，各自隨意度過時間的場景，若是關係親近的人應該很常見。但我那時候並不明白這一點，因為我一直以來都沒有交過這麼要好的朋友。

「怎麼樣，可以吧？青海。」

浩一看我在思考，大概是覺得有機會，他的語氣變得爽朗了一點。

「不好。你已經有很多朋友了吧？」

「才沒有那種事～雖然我在班上和社團都有人會跟我聊天……但那些不一定都是朋友啊。」

「是這樣嗎？」

「……我也不太清楚……」

「你也不清楚嗎？話說回來，為什麼是我？」

「沒什麼理由……」

「我們兩個的興趣肯定不一樣吧。」

「不一樣才好啊。可以嘗試不同的事情。」

「我不會去打籃球喔。」

「嗯，不打也沒關係。」

「其他事情也不用想。我不會借你抄作業，也不會借你PS的遊戲片，家裡也沒有色情光碟。」

「嗯，那些都沒有關係，但是中午跟我一起吃便當吧，不講話也沒關係。」

「不講話也沒關係？」

「嗯。」

浩一十分不屈不撓，或者說，死纏爛打。即使我從頭到腳都散發出「你讓我很困擾」

的氣息，他也沒有離開，而我也無法堅決地拒絕他。因為我對浩一這個人還不了解，無法對他說這種話。

所以，最後就變成了這樣的問句：

「……那對我來說有什麼好處嗎？」

浩一的表情困惑起來，開始非常認真地思考，大概低吟了一分鐘之久，最後他說：

「抱歉，好像沒有。」

他毫不心虛地說出這個結論。

「居然沒有？」

「嗯。因為我這個人沒什麼優點……只有打籃球比較厲害，可是那跟青海一點關係也沒有……然後我也不像青海那麼聰明。」

「你是那個……山田……你叫什麼名字？」

「浩一，山田浩一。」

我只不過是問了他的名字，他卻莫名一臉開心地回答。

「很普通的名字吧。青海就比我好，青海滿，很美的名字，會讓人聯想到海。」

「根本不用聯想，就是有海這個字啊。」

對喔——浩一說，這時他第一次笑了出來。他的身形高大到我需要微微仰視，但一笑起來會突然給人孩子氣的印象。他難為情地搔搔頭，方才繃緊的雙肩也放鬆下來。此時我才終於注意到，原來他一直非常緊張。要跟我這種一看就很難相處的人搭話，想必很需要勇氣。

但我想不通的是，為什麼浩一會想跟我這樣的人做朋友呢？

他應該在這條鋪滿八重櫻的粉色小路上，把同樣的臺詞拿去對比我更可愛的女孩說啊，這傢伙應該很受歡迎才對。

到最後，我沒有回答他「好」還是「不要」。

但浩一似乎把我的沉默當作了默認，午休時間一到，他就拿著大大的便當盒，站在我的座位旁邊。他一站過來就會出現一片大大的影子。對於第四堂課結束後就會出現的那道影子，我滿快就習慣了。

一開始我們真的什麼話也沒說，純粹一起吃午餐。

因為浩一的提議，屋頂變成天氣好時我們一起吃午餐的地方。我們教室所在的這棟新校舍為了安全起見，在屋頂上加裝了高高的鐵絲網，就算學生跑上去也沒有問題。由於陽光充足，園藝社也在那邊擺了一排植栽。

雖然也有操行有點問題的小團體會來屋頂，但浩一也能泰然自若地和那些人聊上幾句。那些人雖然會把制服褲穿成垮褲，或是把頭髮染成褐色，但是感覺並不打算變得更壞。畢竟我們學校的畢業生有大多數會考進有名的私立大學，大概就是這個程度。也有一些女生小團體會上來，常看到有人揹著吉他，大概是熱音社的高年級生吧。

我在屋頂的一個角落默默吃著麵包，浩一也靜靜地吃著他的便當。

有時候會聽到歌聲，是熱音社的那些同學在唱歌。

因為距離很遠，所以不會很吵。雖然吉他彈得不怎麼樣，但帶著獨特顫音的唱腔倒是不賴。這個旋律和歌詞好像在哪裡聽過……原唱是叫寇特妮的人嗎？

浩一大大的便當盒裡，總是塞著滿滿的配菜。煎蛋和小香腸是必備菜色，而且小香腸一定會切成章魚。在浩一媽媽的心裡是有這種規定嗎？

我說默默，就真的是默默地，單純兩個人坐在一起吃著便當。就這樣過了差不多一個月時。

香腸變成螃蟹了。這是新花樣啊，我不禁說道：

「螃蟹？」

浩一睜大眼睛看著我，然後不知道為什麼滿臉通紅。由於他的臉色真的變得太快，害我嚇了一跳。

「很、很像小孩子的便當吧？」

他破音地說著。

不過我完全無意指責這件事，因此回答「咦，我覺得挺不錯的啊」，但他還是把便當遮住，一邊斷斷續續地解釋：

「呃……我有一個弟弟和一個妹妹。我妹讀小三了，但是弟弟還在念幼稚園，所以我家的便當都是這個樣子……」

原來如此，他是三兄妹中的大哥啊，而且年齡差很多，不過他的確有這種感覺……我如此心想。浩一連耳朵都紅了，他本人反倒更像煮熟的章魚。

「章魚的話，我還知道要怎麼弄，但螃蟹感覺很難。」

我開始有點同情他，把目光轉回正前方後這麼說道。

「咦？」

「我是在想，那是怎麼切成螃蟹的。」

「啊啊，是說做法嗎？沒想到你會在意這種事……」

「沒有啦，問問而已。」

浩一稍微找回了冷靜，他用筷子夾起一個螃蟹小香腸，伸到我的面前。他應該是想讓我觀察一下。雖然沒有那個必要，但人家都專程拿給我看了，我就姑且看一下。

「……啊啊，要從兩側這樣切嗎……」

「對，沒有很難，我也做得出來喔。可是如果小香腸不夠紅就不行，因為那樣就不像螃蟹了……來。」

「咦？」

即使我已經理解了，螃蟹小香腸還是在我面前。它從眼前下降了一點，在嘴邊停下來。

「來。」

浩一又重複一次。

他是要叫我吃掉嗎？

用你的筷子？吃掉你媽媽做的可愛螃蟹小香腸？

現在回想起來還是很不可思議，我那時候為什麼沒有跟他說「我不要」呢？我不想吃別人的便當，用別人的筷子吃也很不衛生，更不用說是被別人餵了。

但是那個時候，我張開了嘴。

我忍不住張嘴，好像被誰擅自按下了開關一樣。

「好吃嗎？」

我咀嚼著小香腸，只回答了一個「嗯」。吃起來是一般小香腸的味道，不難吃也沒特別好吃，真的很普通，卻隱約覺得有哪裡特別不一樣，但我沒有說出口。

浩一也沒有繼續深究，他回頭繼續吃自己的午餐，我也繼續吃炒麵麵包。初夏的風吹過屋頂，再度吹來那道歌聲。吶喊著想要在一起，直到永遠、永遠、永遠……明明是情歌，卻用有點悲傷的唱腔唱著。

從那天開始，我們漸漸會交談。

後來連放學都一起走，因為浩一社團訓練結束的時間，和我離開圖書館的時間差不多，最後連早上也會一起上學。一開始，浩一還很貼心地說不用連我都那麼早起，但是我說早上的電車沒什麼人，很輕鬆，他才開心地笑著說「這樣啊！那就好！」。

我不太記得他是什麼時候開始稱我為小滿的。

我不清楚自己為什麼會允許他這樣叫，也不記得自己是什麼時候從「山田」改口叫他「浩一」的。但我記得，在今年夏天之前就是這個樣子了，就是不知緣由、自然而然變成這樣的。

暑假的時候，浩一求我教他寫作業。

明明一開始說好不需要做這種事的，這傢伙臉皮真厚。我們會去圖書館或是速食店，有時候也會在我家寫作業。我之前也去過浩一家，但我們都忙著應付他的弟弟妹妹，根本沒辦法寫作業。在班上時，我從來不讓浩一以外的人叫我小滿，但一去到山田家，他們卻全家都叫我「小滿」，明明連我爸媽都不曾這樣叫過我。

秋天到來，冬日降臨，接著春季又來到——我們學校沒有重新分班。

與浩一一起度過的新的一年開始了。

一開始似乎覺得我們這個組合很奇怪的同學們也早就習慣了。大家都覺得我跟浩一是一體的，不管是分組討論還是校外教學，都自然而然地在同一組。

我知道自己正在改變。

不對，應該是我自己，或是我的生活方式、與他人的距離改變了。並不是我刻意為之，而是自然而然、逕自改變了。

國中時，課間休息時間我一定都是自己看書，但上高中後就沒辦法了。浩一有時候會來跟我聊天，但如果是他，我可以跟他說「不要吵」然後無視他，可是有時候其他同學會和浩一一起過來，我實在無法跟他們說「不要吵」，還是會陪他們聊個幾句。

甚至有人會透過浩一來問我功課。

我也曾這麼想過「我為什麼要教你」……但是浩一會在一旁說「這邊我也搞不太懂耶」之類的，害得我得順便教其他人。講解完之後，會被大家說著「謝謝你！」「你講得很淺顯易懂。」「感謝大恩大德！」，向我道謝，都是國中時從來不曾聽過的話。最後在期中考前，我的座位都會被一群人圍住。都是浩一到處跟大家炫耀，把我猜題率高達百分之八十的驚人事蹟說出去。

——很強對不對？小滿真的很厲害對不對？

浩一這樣說著，但他本人的成績並沒有進步多少。我想問題大概是出在專注力，因為就算是一對一教學，他每次都會看著我的臉發呆，根本沒在看課本。

老實說，我這個人不擅長與他人來往，因為不曉得別人在想什麼，我會覺得非常緊張，也很疲憊，因此我從小就在自己身邊築起了牆，但浩一把那道牆打破了。

……說是打破了好像不太對，該怎麼形容呢，就是……開了一扇門。在我的牆上，開了一扇沒有鎖的門。而且好不容易築起的牆上被開了一道門，我卻不怎麼驚慌。因為在那扇門外，浩一永遠都站在那裡。雖然是個面帶微笑的親切守衛，但要是惹他生氣，那股壓迫感也很嚇人。

有一次，我的考前猜題沒有猜中，有個同學就對我抱怨說「你要負責！」。

我還來不及開口反駁，浩一就站出來了。

他既沒有咆哮，也沒有威脅恐嚇，他只是沉默地把總是掛在臉上的笑容收起來，然後站到那傢伙面前——這樣就夠了。

§

「身體檢查是要檢查什麼啊？我已經變成一個死人了吧？是個活著的屍體。」

在運動服外面加上長版外套的浩一問道。他的外套沾到了不少血，費了一番功夫才弄乾淨。雖然還有一些沒弄掉的地方，但還好外套是藏青色的，顏色沒有那麼醒目。

「不要開口閉口就是屍體啦，尤其是在外面。」

我小聲斥責他，他便縮起肩膀道：「好啦。」

在學校的第一天，總算是有驚無險。

果然有老師提醒在教室內不能戴毛帽，但圓形禿這個理由滿管用的，消息似乎在教職員辦公室裡傳了開來，別的老師看到了，還會體貼地跟他說「別擔心，會好的」。目前看來是可以靠毛線帽蒙騙過去，至於死白的臉色，則是由橋本領軍，帶著女生們熟練地用化妝品幫他處理到能夠蒙混過去的程度。讓浩一的臉頰泛著淡粉色的，聽說是新上市的腮紅。

「正因為是死人，有些事情非得查清楚不可啊。」

我說著，朝車站走去。

「可以的話，我也很想當作沒這回事……但我也會怕要是放著不管，會發生大悲劇。」

「大悲劇？」

「自然界是有規律的。」

「嗯。」

「生物一旦死亡……就會……」

就算是我，也有點猶豫要不要把這句話說完。浩一微微歪著頭，重複我的話：「……就會？」想考理工科卻不擅長生物的這傢伙，應該沒辦法心領神會，我放棄地道：

「就會腐爛啦。」

還是說出口了。

浩一「啊～～」了一聲，悠哉地點點頭，後來可能做了各種想像，再度看向我。

「咦！會腐爛嗎？」

終於緊張地這麼問。

「當屍體是可以接受……可是腐爛令人非常討厭耶……」

「你之後會變成怎麼樣，我完全沒有頭緒，畢竟這一切都非常不合常識。」

「這樣啊，希望不會腐爛……」

浩一會有這種心情是理所當然，但是正常狀況下，死去的生物就應該腐敗，不然可就糟了。地球大概會在轉眼間堆滿遍地的生物屍骸，無處可走。腐爛、被微生物分解，化為孕育新生命的土壤絕對不是什麼該嫌惡的現象，不過，心跳停止之後還要繼續上學的話就另當別論了。

「要請小滿的爸爸看嗎？」

「不，我爸不行。雖然他不至於會把消息賣給媒體，也絕對會對你做各式各樣的研究，還會被塞進最新型的核磁共振機器裡。」

「那要找誰？」

「我只知道一個可以信得過的人。」

「是個口風很緊的人吧？」

我沒有回答。我不知道那位醫生的口風緊不緊，但是現在無所謂，就算她的口風不緊，我也有辦法封住她的口。

電車只坐兩站，我們就到了我爸經營的綜合醫院。

最近有些科別會開到晚上七點，所以大廳裡有很多病患。我在櫃檯詢問我想找的醫生在哪裡，態度親切的女員工一臉歉疚地說「很不巧，香住醫師現在結束看診了」，今天的門診時間好像是到五點為止。

「不，我不是來看病的，我是有點私事想找她……妳可以幫我轉達是青海滿來找她嗎？」

我報上自己的名字，那位女員工就「哎呀」一聲，馬上微笑著撥通內線電話。院長的兒子只在這種時候很方便。醫生似乎還沒有回家，女員工指示我到三樓消化內科。

「香住醫生是誰啊？」

「在這裡工作了五年左右的內科醫生。」

「這樣啊。是小滿很熟的人吧？」

「不，我沒跟她說過話。」

唔咦？浩一發出怪異的叫聲。我沒有理會他，走在走廊上。

我沒有搭電梯，而是走逃生梯。中途浩一差點心不在焉地走錯樓層，因此我叫住他：

「喂，還要再上去一樓。」

「啊，抱歉，那（這裡）二樓是什麼科啊……？」

「皮膚科、耳鼻喉科還有婦產科。」

「喔……」

三樓則是消化內科、放射檢查室和生理檢查室等等。這層樓沒有晚診，所以有點陰暗。看不到幾個人影，只有擺在候診區一角的飲料販賣機上半部兀自發著光。

消化內科的所在位置一目了然。

門口亮著燈的診療室只有一間。我本來在猶豫是不是該先單獨進去，把情況解釋一遍，但最後還是決定跟浩一一起進去。因為我想，不管我再怎麼費盡唇舌地說明，醫生都不可能理解「活著的死人」這種事情。

我敲了敲門，聽見裡頭傳來「請進」才走進去。浩一緊跟在後。

香住從椅子上站起來。她年約三十中段，身形嬌小，留著短髮，身上穿著象牙白的高領毛衣配上灰色長褲……沒有穿白袍。我至今為止只有從遠處看過她，現在看起來與其說是美女，更像是可愛型的。

她看著我說「你好」，臉上沒有笑容，感覺十分緊張。我也對她說了句「妳好」，浩一則是點了個頭問候。

「那個………平時承蒙你父親的關照了。」

香住低下頭，繼續說道，我淡淡地回應一句「彼此彼此」。她大概以為只有我一個人來，裡頭只擺了一張診療用的椅子。香住慌張地準備再去拿一張椅子過來，但我跟她說不用了。我讓浩一坐到椅子上，自己則站在他身後看著香住。

「這位是滿的朋友嗎……？」

「是的，我叫山田！」

面對滿臉笑容的浩一，香住的緊張緩和了一點。我看向浩一說：

「今天來是想請妳替我這位朋友看一下。」

說完，我又補上一句：「要保密。」

香住沉默了好一會，估計是在猶豫該不該答應我的請託。

「……是有什麼特殊情況，沒辦法接受一般的診療吧？」

「是的。我只能拜託香住醫生了。」

「……滿，你這是……」

「沒錯，這就像是一種威脅吧。」

我這麼說完後，浩一驚訝地說「威脅？」。我瞪了浩一一眼，用眼神叫他稍微安靜一下，然後繼續說：

「但是請妳放心，我不常做這種事，這次是情況真的很棘手才會來找妳。而且，我也不會把妳捲入犯罪行為的。」

啊，不過是會牽扯進案件裡，畢竟事關交通意外……雖然我有想到這一點，但是沒有必要專程提起。

「雖然不是很清楚情況……但是總之，若是他有受傷或是生病，醫治他就是醫生的職責……我會替他診療的。」

她有這個決心是很好，但是她說的場面話讓我感到火大，因此回道：

「說得也是。就算是為了妳自己，也應該這麼做。」

但香住的目光已經不在我身上了，她稍微靠近浩一，說「臉色很差呢」。浩一一臉正經地點頭說「是啊」。

「我先來說明事情的經過。」

我像個監護人站在浩一的身後，把今天早上到現在發生的所有事情簡短地說了一遍。被卡車撞的意外、頭上凹陷的窟窿、確定停止的心跳、大腿上的傷口、內臟異常損傷的可能性……一開始香住很認真地聽著，之後臉上慢慢露出明顯的不悅，但她還是等我把話說完。

「所以這個人現在是一個『活著的死人』。」

「……滿，這個笑話不好笑喔。」

「這不是笑話，我覺得與其白費力氣說服妳，不如讓妳實際看看最快。浩一，把帽子拿下來。」

「嗯。」

浩一脫下帽子。香住盯著凹陷的部分，一臉疑惑地問浩一：「頭部側邊的凹陷……是出生就這樣的嗎？」

「不是，出生的時候應該都很正常。」

「頭髮上……這是血嗎？我覺得這種惡作劇不好玩喔。」

「呃，這不是惡作劇，我自己……也懷疑過好幾次這是不是奇怪的夢……那個，麻煩妳聽一下我的心臟。」

浩一一邊說一邊把運動服的拉鍊拉下來。香住緊皺著眉，大概把「你們給我適可而止」這類的話吞回了肚子裡。

最後她勉為其難地拿起了聽診器，大概是因為將內衣高高捲起的浩一身上，可以看到好幾處內出血的痕跡。香住把聽診器的耳塞放進耳朵，開始聽測浩一的心跳。

聽診頭像迷了路一樣四處游移，之後從他的胸口移開。

香住歪著頭，把耳塞拿下來又塞回去，然後重新把聽診器放到浩一的胸前。她眉間的皺褶越來越深。

「沒聽到心跳吧？」

我看著她無法置信的臉說道。

「怎麼會⋯⋯⋯⋯你深呼吸，大口吸氣。」

浩一吸了一口氣。

「⋯⋯左肺沒有聲音⋯⋯更重要的是心臟⋯⋯怎麼可能⋯⋯咦⋯⋯」

可能是為了專心聽，剛才微微低頭的香住猛然抬起頭，這次她拉過浩一的手腕，尋找脈搏。沒有心跳就不可能會有脈搏，香住當然也很清楚這點，但她忍不住這麼做。

「這⋯⋯」

她的聲音都分岔了。

「這個必須檢查一下，詳細檢查⋯⋯」

她說到做到，幫浩一做了非常完整的檢查。聽診、觸診、血壓量測，抽血的部分幾乎沒辦法成功，因為針筒吸不出血來。香住還想幫他照CT（電腦斷層）跟MRI（核磁共振），但是造影室已經被鎖起來了。不過單純照X光的話沒有問題，香住自己就有辦法拍，也能判讀X光片。

「已經……死了……？」

「啊，果然是這樣啊……」

「何止死了……這、這傷勢也很嚴重。」

大概是內心太過混亂，她說出了文法詭異的話。就是因為傷勢很嚴重才會死掉，不太可能反過來才對。香住讓我們看X光片，開始說明。

「這個是頭蓋骨，這邊是破損凹陷的地方。頸椎也是……很嚴重的傷勢……應該受到了攸關性命的頸髓損傷……這樣還能撐住頭部很不可思議…………胸部的話……左側的肋骨、第三、第四條骨折。左邊的膝蓋碎裂，腳踝的脛骨也斷了……大腿的撕裂傷沒有影響到骨頭……這是誰縫合的？」

她的聲音越漸無力，臉上也一片茫然。在香住的腦中，一板一眼的醫學知識和極其荒謬的現狀發生了激烈衝突。

「啊，是小滿幫我縫的。」

「這樣啊……滿，你以後想當醫生嗎……？」

「完全不想。當醫生有很高的機率無法讓家人幸福。」

香住的表情凝固。我也知道自己說了很沒必要的話，現在明明不是適合嘲諷她的時候。

「所以，妳可以接受這個事實了嗎？浩一現在就是一個活死人。」

「……一旦心跳停止，在醫學上確實是死亡了沒錯……但是你……呃，浩一，你是怎麼繼續活動的……？」

「我也不知道耶。」

面對這樣開朗回答的浩一，香住就點頭說著「我想……也是……」，然後吐出一口氣，按著太陽穴靠上椅背，發出吱嘎聲響。

「這是在作夢嗎？我現在是夢到院長兒子帶了一個活屍來找我嗎？是我的罪惡感導致我作了這麼奇怪的夢嗎……？」

「這不是夢，請妳振作一點。」

「振作一點……滿，你希望我做什麼？醫生會在患者心臟還在跳動的時候盡力而為，但是遺體就無能為力了，無計可施，根本救不了……因為已經死了啊。」

「我不是來請妳救他的。」

我冷冷地丟下一句話。

「我不會為難妳，要妳讓浩一的心臟重新開始跳動，我擔心的是腐敗的問題。」

啊啊……香住露出理解的表情。

「也是……就算是冬天，這一點還是很令人擔心……朋友要是腐爛了，應該會很困擾吧……」

「對，我也不想腐爛！真的很煩惱啊！」

浩一態度堅決地說。確實，在還有意識的狀態下腐爛太悽慘了。

「如果是一般的屍體……是會腐爛沒錯，但……」

香住凝視著浩一，聲音溫柔了一點。

「抱歉，我不是要嚇你。我想你自己應該也知道……現在的你，各方面都不合常理。不可思議又無法解釋……連我都沒有頭緒，心跳停止了卻還在呼吸也無法想像，明明已經不需要呼吸了。」

「可是……」

浩一撫著自己的胸口回答：「如果不呼吸的話，感覺會很難受。」明明全身上下滿目瘡痍都不會痛，卻害怕窒息——這也很超乎常理。

「不呼吸會死掉吧……啊，我已經死掉了……可是，我自己感覺跟以往沒兩樣，所以……」

就是這一點啊。香住說：

「你明明已經死了，卻還生龍活虎的。雖然臉色很糟糕，可是沒有出現屍斑，瞳孔也沒擴散，目前也沒有開始腐敗的跡象。雖然是寒冬，但是室內不是會開暖氣嗎？所以應該還是會出現一定程度的腐敗才對……」

「就算我吃防腐劑也沒有用嗎？」

不知道浩一的問題是開玩笑還是認真的。香住似乎把它當作一個認真的提問，有禮地回答「沒用喔」。

「要抑制死後腐敗的現象，可行的方法是遺體保存技術(embalming)……就是先把體液抽光，再填入防腐劑……」

「呃……那有點……嗯……」

浩一歪著頭，表情也很扭曲，似乎在思考與其腐敗，是不是該放手一搏。但是，我不想要再傷害浩一的身體了。

「……不過，也有可能不需要那麼做。滿……我覺得，浩一的身體無視了時間的規則。」

「時間？」

香住看看浩一又看看我，答道：「是的。」

「隨著時間的流逝，傷口應該會化膿，身體會從內臟開始腐敗才對。心臟停止運作後，血液不會再流動，體內的血會不斷向下沉積，下半身會浮腫，但他都沒有出現這些狀況。也就是說……」

香住又補充了一句：「當然，我沒有任何根據就是了。」之後續道：

「浩一的身體還維持在剛死掉時的狀態，該說是一種靜止狀態嗎……就好像有人讓浩一的時間停止了一樣。」

她說完，閉上了眼睛。

幾秒後又睜開眼，直盯著浩一。

「沒有消失……所以真的不是夢啊……」

隨後喃喃道。

她的肩膀頹然垂下，癱倒在自己束手無策的患者面前，然後看著我。她的眼神像在向我求助，但是別期待我會幫她，因為我自己也一無所知。我只認為，無論如何……我都必須守護浩一。

「香住醫生，那對於浩一的身體，有辦法預估接下來會怎麼樣嗎？」

「沒辦法，完全無法預料。我個人甚至想要當作過一會我會發現自己在床上，對自己作的怪夢露出苦笑……我沒尖叫出聲真的很不可思議。浩一的存在徹底顛覆了我作為一個醫師，一直以來學到的事情……」

「妳不能這樣怪浩一。」

「對不起，我不是有意要責怪他……只是，這實在……」

香住的臉色很糟，和浩一一樣蒼白，仔細一看，她的指尖也在顫抖。

「……小滿，我們回去吧。」

浩一站了起來，大概是感到如坐針氈。

「嗯，也對，看來暫時不需要擔心腐爛了……香住醫生，請妳務必對這件事情保密。當然，也不能跟我爸說。」

「我知道，我不會說的……就算我跟別人說了，也只會被人家介紹去看精神科吧。」

這麼說也對。我冷淡地道謝，說了句「耽誤妳的時間了」，之後推開診間的門。浩一恭敬地鞠了個躬，先走出去。

「滿。」

我被她叫住，回過頭去。香住坐在椅子上，緊緊抓著椅子扶手，彷彿想緊抓著它來維持理智。

「你……不怕嗎？」

這個問題出乎我的意料。

為什麼我需要對浩一感到害怕呢？

浩一就是浩一。不管他死了還是活著，都是山田浩一。

不過香住一臉慘白。

那張臉上既混亂又困惑，還夾雜了一點恐懼……所以說她覺得浩一很可怕嗎？就像幽靈？或是殭屍？還是說，比那些還可怕？

「我沒有什麼好怕的。」

「……是嗎？」

帶著半是空洞的表情，香住點點頭。

我再次向她低頭致意，關上診間的門。

§

我只有一次覺得浩一很可怕。

那是前陣子夏天的時候，我們兩個人單獨去海邊露營，那是一趟到神奈川縣住一晚的小旅行。那個地方是山田家常去的露營區，他平常好像都是坐車來的。

「但是，搭電車跟公車也能到啦。」

浩一這麼說，熱情地邀請我。很好玩喔，我們晚上來烤肉，器材都可以租，帳篷也可以租，也有廁所喔，我很常去，所以你完全可以放心——但是老實說，我一點也不想去。

那個時候，我已經察覺到自己對浩一的感情了。

從出生時，我就對女孩子沒興趣……特別是在性的方面一點興趣也沒有。我一直以為那是因為我對別人不感興趣，但似乎不是這樣。

什麼嘛，原來，我是喜歡男生的男生啊……我發現了這點。

然後，當我發現浩一是自己喜歡的對象時非常消沉。浩一對我坦誠相待，我覺得很對不起他，一方面也覺得要是被他察覺到我的心情，他肯定會離開我。因為是浩一，所以他不會罵我，他應該會理解少數族群的權利，寬容以待，然後跟我道歉說「對不起」，還說「我不是那種人，抱歉」。

光是想像就感到絕望。

不僅會被拒絕，還會失去第一次交到的摯友，我萬萬不希望發生這種事。因此我把自己的愛戀之情壓封在內心深處，決定裝作沒察覺。這不是一件容易的事，但比起失去浩一這個朋友好多了。

我很擅長控制自己。

一直以來，不管是在學校還是在家裡，我都做得很好。可是在夏日海邊的露營區，跟浩一兩個人睡在同一個帳篷裡……這種情況下，我沒有信心。話雖這麼說，面對滿臉笑容地說著「一定很好玩喔！」的浩一，我也沒辦法對他說我不想去。

也許可以裝病，或者假裝要參加親戚的喪禮……我想到了許多投機取巧的藉口，但最後我都沒拿來用。

我也很想去啊。

雖然不想去，但我很想去啊。

我一次又一次地告訴自己不能去……但是我很想跟浩一一起來一趟夏日小旅行，我超級想和他一起去玩，根本沒有理由拒絕不是嗎？所以我煩惱了很久後，還是跟他一起去了。

浩一非常興奮，從他那件花俏惹眼的T恤就看得出來他有多興奮，但那也很適合他。他提著巨大的行李，像個鄉下小孩一樣戴著草帽，連我的份也帶來了。他把帽子戴到我頭上，笑說：「小滿，這好適合你喔！」

兩個人一起搭電車，兩個人一起搭公車，然後走了一段路，大海出現在眼前。

和浩一一起聞著海水的味道。

我十分拚命，拚命壓抑住亢奮的心情，讓自己的態度不要那麼奇怪。我認為應該要表現得比平常還不悅一點。

我原本就是偏好待在室內的人，長途移動、搭公車和夏天的海邊，我都不喜歡，只是跟浩一在一起，就喜歡上了這一切。

完全煞不住車的我，被天氣逼上了絕境。

這天下午開始下起雨。

露營最討厭碰上下雨了，也沒辦法烤肉。露營區附設的共用戶外廚房有屋頂，我們便在那邊煮水吃泡麵。明明是夏天，溫度卻很低，待在帳棚裡都覺得冷，但外面在下雨，當然沒辦法生火。不過我只要能待在浩一身邊就好，只是絕對不能把這種心情表現在臉上或是態度上。「對不起。」浩一不停道著歉。下雨了真對不起、變得這麼冷真對不起、邀你來露營真對不起——每當他這樣說，都讓我有點煩躁。

「好了啦，下雨又不是浩一的錯。」

「可是……」

「你一直道歉，很煩耶。」

我厲聲說道。這樣的自己讓我更加煩躁，轉過頭不看浩一，大聲地說「啊啊，真是的！」。就我而言，這是很少見的事。在雨聲嘈雜的帳篷中，浩一就在我身邊，他的氣味就近在咫尺——或許我當時已經忍到了極限。

我們沉默了好一陣子，最後……

「……你其實根本不想來吧？」

浩一默默吐出這一句。他的聲音比平常低沉許多。

「我沒這麼說。」

「嘴上沒說，但你的態度很明顯。抱歉啦，逼你陪我來，明明只有我一個人覺得好玩。」

「沒……」

「就我一個人那麼興奮、開心得要命，小滿明明沒什麼興趣的樣子。」

「我就說沒那回事了。」

我看向浩一時，他突然吼道：「從頭到尾都只有我吧！」我嚇得瑟縮起來，什麼話都說不出口。

「每次都是這樣，都只有我！都是我一頭熱！不管是唱歌、逛街還是打電動，都只有我想去！小滿都只是陪著我去，你只是不願意拒絕我而已！」

不對，不是那樣的，不管是唱歌、逛街還是打電動，也都是我想做的事。只是我很卑鄙，每次都在等浩一先說出口而已……我都只是做出暗示你說出口的舉動，可是不主動邀你……

因為我很害怕聽到你說「我今天不想去」……

「都是我！每次都只有我！如果你不想去就直說啊！就說你不想來啊！不要連拒絕我

都嫌麻煩！」

浩一的怒吼聲傳來。

他的聲音大到讓人忘記外頭猛烈的雨聲，撼動我的耳膜。浩一會這樣大聲怒吼，比我對他大小聲還少見，讓我既吃驚又害怕，完全不知道該怎麼辦，只能僵著身子——

「你說清楚的話，我也會收斂一點啊！就不會再煩你了啦！你太狡猾了！明明擺出一副不需要朋友，只想要一個人待著，別靠近我的冷漠模樣，但你的表情、言行有時候又讓我以為我跟別人不一樣，只可以接受我……不要再這樣了好嗎！搞什麼啊！」

啊啊，我有露出那種表情嗎？

我有說過那種話嗎？

只有浩一是特別的之類的……我都不知道，都是下意識的。但正因為是下意識的言行舉止，才會不經意流露出真正的心思。

「到底是什麼意思啊！真讓人火大！你把別人的心意…………咦？」

浩一的聲調突然弱了下來。

「小滿？」

他幾乎變回平常的那個浩一，既吃驚又著急地看著我。這也難怪，他當然會嚇到，因為我在哭。因為我一聲不吭地僵著身體，只有嘴唇跟睫毛不停顫動，眼淚撲簌簌地掉下來。

我自己都嚇到了。

一般來說會因為這樣就哭嗎？高中男生會因為吵架就哭嗎？不可能吧，太丟臉了，而且我一直以來都維持著冷酷的形象啊。

可是我無計可施，眼淚不受控制地流個不停，止都止不住。

我丟下手足無措的浩一，跑出帳篷。雖然下著雨，我還是衝了出去。運動鞋放在帳棚裡避難，所以我是赤腳衝出去的。附近沒有其他帳篷，我就朝陰影處跑去。雨水沖走了我的眼淚，但是新的淚水又流下臉頰，所以毫無意義。

浩一馬上追了上來。

他也沒穿鞋子，但是有記得帶手電筒，所以才能馬上找到我吧，畢竟沒有營火也沒人烤肉的露營區很暗。

「小滿。」

他站在我身後。

「小滿，對不起。」

你看，又來了。你總是馬上就道歉，明明你沒做錯什麼事還是會道歉，馬上就屈服了。就是因為這樣，我才會得寸進尺，我才會誤會啊。

「你……你長得那麼高大……」

我說。

「咦？啊，嗯。」

「被這麼高大的人大罵……嗚！超有壓迫感的！很可怕耶！」

我只能抽抽噎噎地說著，太難堪了。上一次哭是什麼時候？我完全沒有印象，大概要追溯到小學二年級，我養的花栗鼠逃走的時候吧。

「嗯，那個……對不起……我不是故意要嚇你的……」

我很害怕，真的很害怕。

不是因為突然被怒吼而感到害怕，而是因為被浩一討厭了——這麼一想，我就很害怕。

「我先跟你說！我才沒有不想來露營！」

「這樣啊。嗯。」

「唱歌跟打電動！我也很想去！」

「咦，真的嗎……？那就好……是嗎……那太好了……」

我感覺到浩一越來越靠近。

但是他沒有走到我面前。因為他很清楚，我不想讓他看到我哭泣的臉。

「太好了……」

浩一再度說道。

「……其實，你對我來說很特別……」

我覺得只這麼說應該沒問題。特別的朋友、摯友之類的，應該說得過去吧？我是這樣想的。我現在的心情亂成一團，沒辦法冷靜思考。現在這麼晚了，又下著滂沱大雨，我還在哭。

「小滿對我來說也很特別。」

浩一的這句話，總算讓我回過身去。因為我想確認自己是不是聽錯了。

「應該說，我最喜歡小滿了。你是我最喜歡的人。」

是這場雨害我的耳朵失常了嗎？淋得全身溼的浩一，一臉害羞地笑著看著我。

「所以，我總會不經意心想，要是小滿也覺得……我也是最重要的人就好了。雖然我知道不可能……但還是……」

「你是最重要的。」

這句話，從我的口中吐露而出。

明明沒有做好任何準備或心理建設，卻像許久以前就想說出這句話一般，自然而然地說出口，連我自己都嚇了一跳。

但是浩一看起來比我更吃驚的樣子。

手電筒掉到地上，燈光照著我赤裸的雙腳。

「浩一，你是最重要的。」

距離三步之遙，浩一小聲呢喃道「咦？騙人」。我又感到有點火大，誰會在這種情況下騙人啦，笨蛋。

浩一靠近我。

他靠得非常非常近……就如字面意思般近在眼前，周遭再暗也能看清他的臉。我們的身高有點差距，他低頭凝視著我。雨珠從浩一的臉上、頭髮上，一顆顆不斷滴落。

「……對小滿來說，我是最重要的嗎？」

「……對。」

「我也是，小滿也是我最重要的人。」

「這句話你剛才說過了。」

「……那我們，是兩情相悅嗎？」

對於他的問題，我無法馬上回答。

會有這種事嗎？這有可能嗎？會不會太巧了？

我實在不敢相信……

「是這樣……嗎？」

忍不住反問浩一。

浩一認真地答道「是啊」，於是我也點點頭，接著，我們在雨中第一次接吻。

那是個會讓人笑出來，戰戰兢兢又出乎意料的吻。

§

離開醫院之後我們都沒有說話，回到我家的時候已經超過晚上十點了。

答錄機裡錄下了爸爸說今晚沒辦法回家的簡短留言。這一點都不稀奇，對我們來說反而正好。浩一也打了通電話回家，家人同意讓他今晚在我家過夜。我也和阿姨講了幾句，她對我說『小滿，謝謝你總是照顧浩一』。

「浩一，你會不會餓？」

「嗯，我還好。」

冰箱裡有幫傭阿姨做好的幾道配菜，我就配著那些菜簡單地解決了晚餐，浩一則是什麼也沒吃。他白天也沒吃任何東西，但他說他不會餓，頂多偶爾會想喝一些水，來滋潤嘴巴。

吃完飯後，我洗澡時心想——人死後是不是就不需要水分或是有機物了？人類會吃飯是為了攝取能量，維持活動所需的能量、維持生命存續所需的能量……就連只是安安靜靜地沉睡也需要基礎代謝。

那麼，浩一是從哪裡攝取能量的呢？

讓浩一能夠活動、說話、思考的是什麼呢？我確定已經不是克氏循環的範疇了。不是和生物學有關的領域，而是超越人類智慧的某種現象嗎？雖然腦海裡閃過了神明之類的詞語，但那就跟奇蹟一樣，等同於放棄思考的訊號。但我現在有點明白別人需要奇蹟或是神明這類東西的心情了，一直想著不會有答案的問題非常累人。

我洗好澡，擦著頭髮回到房間裡時，浩一正站在窗戶旁。

他好像在看外面。我從他身旁看去，外面又開始下雪了。市中心沒下雪，我們這裡卻飄雪的情形很常見。

雪在黑暗中無聲無息地飄落，我們目不轉睛地看著這樣的畫面。

我想起寒假的時候，和浩一家人一起去滑雪旅行的事情。很熱鬧，又很開心，浩一的家人都把我當作山田家的孩子。浩一有妹妹和弟弟，而我就像二哥，他們會從後面毫不留情地擒抱住我。

「應該不會下到積雪吧。」

他聽見我的話，簡短地嗯了一聲。他的目光仍然看著窗外，似乎在發呆。

「浩一，你要洗澡嗎？」

「我就算了。」

「可是還有一些血跡沒洗掉耶，頭髮也最好洗一下。」

「我覺得一泡到熱水，我的身體就會馬上腐敗溶解掉……」

「不會啦，你待在開了暖氣的房間裡也沒事啊。」

我一邊說著，一邊用毛巾擦頭。我有點頭痛，今天一整天應該非常累才對，但我意外地一點睡意也沒有，看來是神經太緊繃了。

浩一一動也不動，也沒有回應我。

「喂？浩一？」

我看向他，他一副非常沮喪的樣子。

「你怎麼了？白天不是還好好的嗎？」

「與其說是好好的……我只是搞不清楚狀況，完全搞不清楚自己……到底發生了什麼事。」

「我也一樣啊，到現在都沒有頭緒。」

跟浩一在近距離下說話的時候，我都要抬頭看他，很辛苦。

「小滿……那個醫生小姐剛剛也有問你……你不會怕我嗎？」

「啊？我怎麼……哈啾！」

在我說完以前，話就被一個噴嚏打斷了。我的體質似乎很怕冷跟乾燥，從小只要到了冬天就會感冒好幾次。我抽了一張衛生紙，擤完鼻涕之後回道：「我怎麼可能會怕你。」

「可是我簡直就是殭屍耶……」

「我沒看過那種電影。」

「不是，我也沒有認真看過……總之……身體已經死了人卻還活著，不就是違反了自然規律嗎……這種事很詭異吧？」

什麼自然規律啊，你都不曉得有沒有辦法寫出正確的字了。

「沒什麼詭異的。啊，我知道了，你是被醫生診斷完，透過X光片認清自己的狀況之後，終於感到害怕了吧？」

「……對啦。因為，我現在是一個如假包換的死人啊。」

這個神經大條的男人，總算對發生在自己身上的事情感到震撼了。但也太慢了！

「怎麼了？打起精神來啦。」

「不要為難死人啦。」

他難得自虐地說道。我拉著浩一的手離開窗前，讓他坐到床上，自己也在他身邊坐下。浩一留宿我家的時候，都是在我房間打地鋪睡覺，但是今天還沒有鋪好床。

「不管是死人還是什麼，你現在還像這樣活著啊。」

像這種邏輯不通的言論，今天到底講過多少句了？

「……我是相信有幽浮跟外星人存在的人，可是活屍什麼的根本不敢置信啊。」

「現在不是你相不相信的問題，因為你確實就在這裡嘛。」

「是沒錯……可是就算是超自然現象，也沒有這麼離譜的……」

「超自然現象就是偶爾會發生啊，我也曾看過幽靈。」

浩一的臉皺在一起，害怕地道：「咦，真的假的？」他很害怕恐怖故事或是鬼故事。

雖然說他現在就是一個恐怖故事，但我暫且不說得這麼直白。

「你……看過幽靈嗎？」

「看過啊，不過那是我媽媽。」

八歲時，媽媽剛過世時我很常見到她的身影。

半夜突然睜開眼睛，會看見她凝視著我，有時候大白天也會在起居室看到她。早上去上學的路上，還會看到她在不遠處對我揮手。

「明明是幽靈卻有腳，還會跟我四目相交。」

「唔……雖然這樣說對小滿的媽媽很失禮……但是好可怕……」

「我是不害怕啦，因為我媽媽活著的時候反倒更可怕，她對小孩也毫不留情，十分嚴格。變成幽靈之後，眼神交會時她會溫柔地對我笑……我在她生前都不曾看過那個表情。」

「她那麼嚴厲嗎？」

「不過她身體不好，常常住院，去探望她的時候我總是很緊張。」

當時年紀還很小的我，跟爸爸說了看到幽靈的事。我跟他說，我今天看到媽媽了，之後爸爸難得露出吃驚的表情。

——這件事不能跟別人說喔。

他警告我，隨後繼續說：

——媽媽一定是因為擔心你，才會來看你的。

當時年幼的我似乎非常相信這個說法，雖然我應該不是很黏媽媽的孩子，還是很孤單吧。

那個幽靈，大概是我夢到的。

不只夜裡的夢，還有白日夢。或者說那是幻覺，使我心裡期望的溫柔媽媽成真……有時候，大腦會將本人都沒有察覺的願望也具象化，所以很麻煩。

「總之，你不是幽靈，也不是殭屍。雖然身體狀態是一個死人，但是一般的死人可不會動，也不會說話，就算被埋進土裡或被火化都無法抱怨，你不覺得你比他們好多了嗎？」

死人根本就無法做比較，我也非常清楚自己在胡說八道，但我想不出安慰他的其他方法，也只好這樣了。這種時候就要逼自己正向思考。

「……是、是嗎……？」

「當然啊，只是心臟沒在跳而已，其他都很正常不是嗎？雖然受了傷，但是不會痛所以沒差，也可以說是無敵狀態啊。」

「可是，還是很恐怖吧……」

「就說沒那回事了。」

「換作我是小滿，肯定會覺得超噁的……」

「那如果換成我是一個活屍，你也會覺得我很噁嘍？」

「我不是那個意思。小滿沒關係啦，因為是小滿啊。可是現在變成死人的是我，我的屍體連我自己都覺得噁心了……」

「唉，夠了，我不懂你在說什麼啦！」

我猛地抓住浩一的雙肩，逼他轉過來面向我。

「小……」

我沒給他說話的機會，吻了上去。

他的嘴唇好冰。我嚇了一跳，接著馬上難過起來。

好可憐，身體這麼冰冷……好可憐。觸感有些乾燥，那確實是浩一的唇，儘管身體冰冷至極，但那副骨骼和肌肉都是浩一……我心想，要是我的體溫可以分他一半就好了。

我主動伸出舌頭，引誘他深吻。要是平常，浩一會很開心地回應我，但今天的他有所顧慮，但他還是輕輕伸出舌頭。那份柔軟與他生前沒有差別，但果然冷冰冰的。

這個吻僅止於舌頭嬉鬧的程度。

比起第一次親吻，技術應該有進步，但我們之間的吻大概還算生澀。我沒有和任何人比較過，因此不太清楚，但我還是喜歡和浩一接吻，我想浩一也和我一樣。

彼此的唇溼潤無比，浩一的唇瓣稍微溫熱起來……我慢慢抽離身體。

「要是覺得噁心……就做不到這種事了吧？」

「小滿……」

浩一的雙眼泛著水光。原來人死了，還是能夠流出眼淚啊……

「小滿……你人真好……」

「才沒有呢。」

「為什麼會因為這種話臉紅？是覺得自己人很好很丟臉嗎？小滿，你老是這個樣子，對人親切時反而會刻意表現出不爽的樣子。」

「啊？」

「班長也說過這件事，他說你也許是在害羞。」

「煩死了！你們居然會聊這個。」

「嗯，因為我總是會說到小滿啊，誰叫我最喜歡你了。」

嘿嘿嘿！浩一帶著傻呼呼的笑容抱緊我。看來親吻非常有效，他總算變回了平時的浩一，我稍微放心下來。

「既然小滿覺得沒差，那不管其他人覺得我有多嚇人，我也無所謂了。」

「……笨蛋。」

我對浩一，根本不可能害怕或是感到噁心。這傢伙竟然擔心這些到意志消沉，真的是個笨蛋。我也緊緊抱住他，或許是錯覺，浩一的身體好像暖和了一點。

「好啦，你趕快去洗澡。要是枕頭套沾到了血跡，幫傭阿姨會嚇壞的。」

「……………唔哇。」

「你怎麼了？」

浩一發出了奇妙的聲音，額頭在我的肩窩蹭來蹭去。然後他抬起頭，在極近距離下看著我……咦，他好像有點臉紅了？明明是個死人？

「這個是怎麼回事……我、已經死了沒錯吧？」

「咦？」

浩一抓住我的手，就這樣拉到他的雙腿中間。任由他動作的我碰到出乎意料的觸感，不禁「嗚哇」地叫了一聲。

「對吧？」

「……不會吧……好硬……」

誰想得到，浩一竟然勃起了。

那裡就像個健康的十七歲男生……不對，浩一沒辦法說是健康……總而言之，他一柱擎天，相當炙熱。這是怎麼回事？他的體溫不是已經沒辦法回升了嗎？

「啊——……不行了，小滿，那個……我……可以再親你一下嗎？」

浩一根本不打算等我同意，只是姑且問一下，身體就馬上壓了上來。我們兩人轉眼間倒在床上，我順從地接受了他馬上疊上來的唇。

果然比剛才還不冰。應該說，好熱。

是浩一興奮時的體溫。

「嗯！」

這個吻有點粗暴，撞到了牙齒。我不禁發笑，我們的吻技很差，不過我一點都不介意。如果對象是浩一，不論是撞到牙齒，還是被他像狗狗一樣舔舐，我都很開心。

浩一高昂的部位磨蹭著我的同一個部位。

「……唔、喂……」

我差點發出奇怪的叫聲，稍微推開浩一的身體。我穿著一件質料單薄的睡衣，怎麼可能把持得住。刺激直接襲來，我的那裡也馬上變得和浩一一樣炙熱。

「浩、浩一……？」

我遲疑了。

自從在滂沱大雨中露營後，這半年來，我們兩人的肉體關係始終還止步於親吻。明明那方面的欲望很強烈，進展更迅速一點也說得過去，卻一直停滯不前。我個人認為……要向前一步也可以，但是說這種話太害羞了……而浩一有太過珍惜我的傾向……如果我們獨處一室，他會在漫長的熱吻過後，以非常窘迫的表情說「我借用一下廁所」。

「浩一……嗯……我、我快要……」

「我、我也快不行了……小滿……死、死人也會射出那個嗎？」

「那種事……我怎麼知道……唔！」

猛然被抱起的刺激讓我聲音高了一度。

死人會射精嗎？能排出精子嗎？明明已經死了？

說到底，勃起需要血流才對……不，想這個也沒用了吧。這一切或許都可以拋到腦後，把所有常識、科學、醫學、生物學都忽視掉。現在對我來說，只有一件事情最重要，那就是浩一在我身邊，他說他喜歡我，那就足夠了。

浩一的臉往旁邊一偏，親吻我的臉頰，又繼續游移。

我還在猜他想做什麼時，他一口咬住我的耳垂。

「啊！嗯！」

我嚇了一跳。

至今為止從未體驗過的感受從耳朵傳遞到大腦，來到下半身。這還是第一次，我一直以為耳朵附近有敏感帶是極少數的人才會有，或是A片的效果而已。

他的嘴唇含住我的耳垂，輕柔地舔弄著。

好癢，好癢……是因為癢嗎？總之，好舒服。

「哈、啊……你這樣……好奇怪……」

「唔啊……小滿的聲音太色了……」

敏感的不只是耳垂，他的牙齒刮過耳朵上緣的軟骨也能讓我的腰部發顫。當他舔舐耳道裡時，我不禁緊抱住浩一的肩膀。

舌頭舔舐的聲音太過貼近，聽覺也在刺激著性欲。

浩一急促的呼吸聲也近在耳邊。

我的心臟都在狂奔猛跳了，那浩一呢？

就算他的氣息紊亂，心臟一定還是保持著沉默。雖然貼在一起的胸口好像能感受到類似心跳的動靜，但那也許只是我心跳的迴響。

「小滿，我可以摸嗎？」

「啊……」

浩一的手鑽進我的內褲中。這是我第一次被別人的手直接碰觸，之後輕柔、慎重地握住。

浩一的手不冰冷，一點都不冰。

我也沒有時間感到害羞。

他只是輕輕摩娑幾下，我就輕易高潮了。

跟自己來的感覺無法相比。那種刺激宛如一股甜蜜的電流，流竄到指尖。我用力閉上眼睛，承受鋪天蓋地襲來的愉悅浪潮，幾乎沒辦法呼吸。我只能緊緊抱住浩一……大概還發出了超級難為情的聲音。

「……小滿，你真的……太可愛了……」

若是平常，他說這種話早就被我罵了，但我的呼吸還緩不過來，沒餘力罵他。浩一還細心地拿來衛生紙替我善後，接著輕輕撫著我的背。

「小滿……」

浩一還沒射出來，我得幫他做點什麼……

想是這樣想，但我的眼皮忍不住自行閉上。怎麼回事……我有這麼累嗎？比起身體上的疲倦，應該是精神上……浩一被卡車撞到……心跳停止……可是還會動、還會說話，還跟我做色色的事…………不行了，好睏。

浩一……我想要叫他，嘴巴卻不聽使喚。

朦朧之中，我感覺到他在我的髮上落下一吻，感覺好幸福。

像這樣被人疼愛也不錯。

一直以來，我都有自己的房間，都是一個人睡，不論是母親生前還是死後。我已經習慣了這樣的生活，因此以為要是旁邊有人，我一定很難入睡。實際上，不論是小學還是國中，在團體旅行中大家一起睡通鋪的時候，我也幾乎無法入眠。

我以為一個人很好。

我以為有人在身邊就沒辦法好好入睡。

但是為什麼浩一的懷抱能讓我這麼安心呢？

「……晚安，小滿。」

嗯。

晚安，浩一。

明天睡醒時，你也要好好待在我身邊喔。

#3

一覺醒來，昨天經歷的一切都是一場夢。

——這種事沒有發生，隔天早上，我也和屍體狀態的浩一一起去上學。我早上一起來就確認了他的心跳，果然還是寂靜無聲。不過他的臉色好多了，體溫也跟活人差不多。

真是不可思議。

老實說，我很害怕他會隨著時間流逝，逐步變成一具屍體，但反倒相反。這是好事，若是眼珠都掉下來了，很難再當一個普通的高中生。

「青海～」

我們走進教室前，橋本出現在走廊上，來到我和浩一面前。她看著我，輕聲道了一句早安，接著問浩一：

「感覺怎麼樣？今天還是屍體嗎？」

浩一「嗯」地點點頭。

「是嗎？還是一樣啊～可是你今天氣色不錯耶，你有化妝？」

「不，沒有啊。」

「今天看起來真的不像是死人。」

橋本元氣滿滿地豎起大拇指，可能是想表達稱讚，我甚至有點佩服她，這種積極的態度是從哪裡來的？浩一現在看起來確實不像死人，若好好把頭髮吹乾，頭上的窟窿也不會那麼引人注目，只要不確認他的心跳，看起來就和一般的高中生沒什麼兩樣，就算回去他家也不會有問題吧。

「橋本，妳今天怎麼這麼早到？」

現在還沒八點，以平常總是差點遲到的橋本來說實屬少見。

「唉～我睏死了，還走路走到跌倒。但小美今天跑來接我，我就被她挖起來了……」

小美是指名叫鏡屋壽美子的女生。她沉默寡言又面無表情，可以說是跟橋本完全相反的類型，但不知為何，她們兩個總是膩在一起。

「話說回來，昨天鏡屋請假吧？」

「嗯，她沒來，因為昨天是祭神儀式的日子，她得去跳巫女舞。」

「屋女五？記神遺世？」

浩一聽得一頭霧水，我理解地說：「對喔，鏡屋的爸爸是宮司[1]吧？」

「公私？小滿，那是什麼？」

1 宮司：日本神道中主要負責侍奉神明的職位。

「簡單來說就是神主啦。」

「對對，真不愧是青海呢。」

浩一點了點頭說「她家是寺廟啊」，讓我再次無言。

「有神主是神社啦，寺廟會是僧侶。你起碼記住這種事吧。」

「對啊～山田，要是搞不清楚和尚跟神主的差別，會沒辦法成佛喔。」

我有點搞不懂橋本說這句話是想開玩笑還是白目。我當作沒聽見，浩一似乎也完全不在意。

「是喔……寺廟裡的是和尚，神社是神主……那新年參拜是哪一個啊？」

「要行拍手禮的話是神社，不過也有人會去寺廟參拜，比如淺草寺、成田山……話說回來，橋本，為什麼鏡屋要去把妳挖起來啊？」

「嗯。昨天我打電話跟她說了山田的事情後，她超後悔昨天請假的。她應該是很想見到山田本人，所以今天來催我說趕快來學校，還很興奮。」

好難想像鏡屋興奮的聲音，因為她的表情鮮少改變，甚至被人取了綽號叫女青海。單就沉默寡言這點來說，她的功力可能在我之上。

她是個嬌小的女孩，有著令人印象深刻，像日本人偶的齊瀏海和大大的黑眼珠。

「她說這是她第一次見到摸得到的『鬼』。」

「鬼？」

我和浩一同時重複道。

「節分[2]已經過了吧？」

「山田，不是啦，不是在說撒豆子時的鬼面具……哎呀，你們去問小美好了。」

橋本打開門，空蕩蕩的教室裡還沒有開暖氣，所以很冷。鏡屋就坐在中間那排的最後面。

「小美，他來了喔～」

「嗯。」

鏡屋坐在位置上看著我們……不，是看著浩一。她大大的雙眼閃閃發光，表情看起來和平常差不多，但感覺得到她散發出打從心底興致勃勃的氣息。活死人的確是百年難得一見，但應該不至於讓女高中生興奮成這樣才對啊。

「早啊，鏡屋。」

「早安。」

對於浩一和我拋出的問候，她果然只回了一聲「嗯。」

我們坐到鏡屋的正對面，把書包放到隔壁的座位上，反正其他人都還沒來。鏡屋目不

2 節分：日本立春前一天，會戴上鬼面具、撒豆子驅邪除穢。

轉睛地盯著浩一看了一會，用一種人家常說「幾乎要看出一個洞」，啃食浩一皮膚般的目光看著他。浩一被這樣的氣氛震懾，不發一語。不久後……

「嗯，真的死了。」

鏡屋說道，接著在浩一的手背上敲了兩下，低聲說道：「可是還實際存在，而且體溫很正常。」然後她看著我說：

「青海同學，山田同學真是死得好啊。」

她佩服似地說著，但我無法認同她的說法。

「我說鏡屋，妳可不可以不要一直說『死』啊。浩一是『活屍』的概念。」

「原來如此。以青海同學的觀點來說，那個定義沒有錯，我了解了。不過這還真是不得了，像這樣實際存在的鬼，我還是第一次看到，有點感動。」

「小滿，她是在誇獎我嗎？」

浩一被鏡屋摸來摸去時對我問道。

「天曉得。不過，可以讓人感動的話，算是不錯吧……鏡屋，妳剛剛說的鬼是什麼意思？」

「對啊對啊，為什麼我是鬼？」

「小美，我也想知道～」

我們一齊看向鏡屋。

「鬼，也就是亡者。」

她簡短地說明。啊啊，我想起來了，之前在書裡讀到過。

「好像是中國的說法？他們會用鬼來指死者吧，所以也會把死亡說成……入鬼籍。」

「入軌跡？」

「浩一，你應該想錯字了，是鬼魂的鬼，戶籍的籍，鬼籍。」

「喔～」浩一和橋本欽佩不已。

「我的曾祖母也是『看得見』的人，有時候會說『啊，這裡有好兄弟』，大概是看得到靈魂之類的存在。」

「所以鏡屋妳……也是看得見的人嗎？」

我這麼一問，她就認同道：「沒有曾祖母那麼厲害就是了。」

一旁的橋本說：「平常要保密喔！如果大家知道她是通靈女高中生會引起騷動，小美她不喜歡那樣。」

「我懂，我也不想讓大家知道我是活屍男高中生，驚動大家。」

浩一「嗯嗯嗯」地連聲附和。

「可是小美，山田完全不像『鬼』耶！頭上也沒長角，看起來只是個普通的高中生。」

「嗯，但就是『鬼』啊……所以……」

鏡屋喃喃說完後拿起手邊的筆記本，用直尺固定住一端，撕成書籤般的大小，接著又用簽字筆在上面畫了個星形記號。

「不好意思。」

她一下貼到浩一的額頭上，然後——

「吐、普、加美、依身、多女。」

她吟誦了一段奇妙的咒語。就算在家是巫女，也不用服務得這麼周到啊，我微微露出苦笑。那個星形記號是所謂的晴明桔梗印，最近陰陽師似乎很受歡迎…………

「……浩一？」

不對勁。

「……喂？浩一？」

他一動也不動，連眼睛都沒眨一下。

只有浩一一個人變成「一二三木頭人」的狀態。

「啊，成功了……其實我是第一次施法……竟然有效……」

「呃，妳做了什麼啊，小美！」

「我封印了他。」

鏡屋淡淡地答道，但我慌到不行。

「封印……喂，浩一！浩一！」

「動不了的，因為他已經被封印了……」

「唔哇……超強……小美竟然連這種事都會，那妳下次把那個傢伙封印起來吧！就是那個，每次都對女學生亂開黃腔，那個教數學的……」

「小郁，這招對活人沒有效喔，這個只會對鬼產生作用。」

「喂，鏡屋，就算他是鬼，也不該這樣對他吧。快點把他恢復原狀啦！」

我的語氣有點粗暴，鏡屋聽完則一臉嚴肅地回了句：「但是……」

「鬼這種東西，通常都要封印起來啊。」

「可是可是，讓山田僵在這裡太可憐了。他沒有做什麼壞事，只是變成死人了……」

很好，橋本，說得沒錯。

「鏡屋，浩一沒有對我們造成什麼危害啊。」

「這可不好說……」

鏡屋小小的嘴巴撇了撇，開始思考。

「但我的這點法力也能封印他的話，表示他以一個鬼來說，力量應該非常弱……」

「小美，不是有個哭泣的赤鬼的故事嗎？山田就是一個好鬼，妳就幫他解開吧。」

「山田同學確實是個好人，但是問題不在那裡……」

鏡屋向上看著浩一，更加仔細地觀察他，低聲道：「這個人為什麼會變成鬼呢……」

浩一維持著稍微前傾的姿勢，化成了一個大型擺設。

「死去的人會變成鬼，會有什麼理由才對，最常見的就是心裡還帶著強烈的憎恨、遺憾或是留戀……不過不管是誰，人類突然死去應該都會有所留戀。但是死亡這個現象的力量非常強大，如果是半吊子的心態，很難停留在人世間。再說他的身體還保持得這麼好也非常少見，因為肉體很難維持。」

浩一不是會恨一個人到死都不瞑目的人。那麼難道是遺憾嗎？還是留戀……這麼強烈又無法割捨的留戀？

「鏡屋，總之妳可以解除他的封印嗎？再這樣下去他的眼睛會很乾，太可憐了。這傢伙不會做任何壞事，這一點我可以保證。」

鏡屋一臉沉思地想了好一會，最後同意了我的要求。

「好吧，他看起來不像會吃人的樣子，就算了吧……」

「咦咦！還有會吃人的鬼嗎？」

橋本瞬間從浩一身上離開。又是替他說話，又是驚恐害怕，這個人真是一刻不得閒。

「那還用說，鬼本來就是指會吃人的東西啊。」

聽了鏡屋的解釋，橋本直盯著我問：「你有哪裡被咬了嗎？」我用力地搖了搖頭。

「青海同學，你幫他把那張符拿下來，這樣他就能動了。」

什麼嘛，這麼簡單嗎？早知道我就先拿下來了。我這麼想著，取下貼在浩一額頭上的符紙。輕輕鬆鬆就撕下來了。

浩一瞬間吸了一口氣，接著喀噠一聲靠到椅背上。

「喂，你還好嗎？」

「呼……嚇死我了……感覺好像被空氣做的水泥固定住了……鏡屋，妳好過分……」

「嗯，抱歉。」

「我才不會吃人，一定很難吃啊。」

被封印的這段時間裡，他似乎仍能聽見我們的對話。

「不，吃人有很多種方法……話說回來，你的氣色好到不像一個死人耶，山田同學。」

「他昨天更像個死人。體溫也超低，皮膚都是青白色的。」

我對一臉不敢置信的鏡屋說明完後，她歪著頭說：「今天卻變成這樣？」

「對，我起床時也覺得很不可思議……哈啾……」

我一邊吸著鼻水一邊說。

好冷，暖氣好像還沒有開始運作。浩一連忙把他那件……為了去除血腥味，噴了一大堆除臭劑的長版外套脫了下來，裹在我身上。

「你們兩個感情真好呢。」

橋本羨慕地說著。鏡屋看著我們，繼續問道：

「起床時……也就是說，你們從昨天到今天早上都在一起？」

「對，昨天小滿讓我在他家過夜，我只有打個電話回家而已。」

這樣啊……鏡屋小聲地說，接下來丟出一個不得了的問題。

「你們昨天晚上，是不是做了什麼特別的事？」

這次換我的心跳要停止了。

特別的事……不，她該不會是指那件事吧……但要說特別也沒錯……話雖如此，我也不可能對鏡屋透漏那件事，最後只能表情僵硬，語氣毫無起伏地回答：「沒什麼特別的。」

而浩一……

「咦、呃，特、特別的事？」

聲音都破音了。傻瓜，冷靜一點。

「浩一好像不會餓，所以沒有吃飯，不過他有洗澡。搞不好是因為這樣體溫才恢復了？」

「他已經沒辦法自己維持生理機能了，就算借助外力加溫應該也沒用才對。」

成績和我差不多好的鏡屋說出正論，因此我回了一句：「以常理來思考是沒錯。」

「說到底，一個死人卻不會腐爛就已經脫離生態系了，所以這部分我已經決定不再探究了。」

「這樣啊，我還是會忍不住去思考……因為山田同學實際上還在活動，那就需要攝取某種能量。是不是有什麼不同於有機體代謝的系統呢？」

「我們沒辦法對超自然現象追求規則性吧。」

「……你說的也對。要是有規則可循，那就不神祕了，也不用躲躲藏藏了。」

「討厭～這兩個人的對話太深奧了，我聽不懂啦～」

橋本說完，浩一點著頭：「我也覺得。」

「抱歉，小郁。總之，我是說，山田同學可能攝取了一些能量，在他無意間。至於具體是什麼情況，我也不清楚。只不過，那一天遲早都會來臨吧。」

遲早會來臨？

什麼東西遲早會來臨？我正想這麼問的時候，班長走進教室。已經過了八點，其他同學也差不多要到學校了。

「……早，難得看到你們幾個湊在一起……發生什麼事了嗎？」

面對班長的提問，我只回答他：「沒什麼。」我壓根不想跟他提到鬼或符咒的事，帶著浩一回到座位。班長嘸起嘴，露出「不要把我排除在外啦！」的表情，嘴上還是問：

「喂，山田，你今天早上還好嗎？」

浩一轉過頭回答他：「很好很好～」是啊，雖然是個死人，但今天早上很生龍活虎。

鏡屋已經從巫女模式回到高中生，開始教橋本寫數學作業了。在她眼中看見的浩一是什麼樣子呢？她只是看到他，就知道他已經死了……那是怎樣的感覺？

我思索著這些事，又打了個噴嚏。

「小滿，你不能感冒喔！」

被死人關心一句，我回應道：「我知道。」

「……話說，你的作業沒問題嗎？」

浩一瞪大雙眼，纏住我說：「借我抄一下！」

§

到第三堂課為止，一切都平安無事地度過了。

活屍高中生像平常一樣上課時打瞌睡，我則在認真地做筆記。沒有老師發現浩一是死人，班上同學似乎也沒有對外透漏。

不過，就算有人說溜嘴，也不會有人相信吧。

就像香住所說，或者班上有大半的人開始覺得昨天的事搞不好是什麼魔術或玩笑……不過對我來說都沒差，浩一能夠像之前一樣過日子才是最重要的。

午休前的最後一節課，是班導師小河老師的現代國文。

但是過了十五分鐘，老師還是沒有出現。班長站起來說：「我去辦公室找他。」受到大家喝倒采。

「又沒關係～我們就自習吧～」

橋本的桌上連課本都沒拿出來，嚷嚷著自習也沒什麼說服力。

「要是趕不上進度會很頭痛吧……而且，我有點擔心他。小河老師一直以來都沒遲到過啊。」

如班長所言，我們班的小河老師是非常認真的人。

三十歲後段的年紀，是和肌肉扯不上關係的男性，外貌柔和，待人接物都很穩重。這種類型的老師偶爾很容易不被學生放在眼裡，但是小河老師沒有，大概是因為學生們有感受到他總是真摯以待、認真教學，還有不熱血的滿腔熱忱吧。橋本也不討厭小河老師，所以也換上擔心的神色說「這麼一說，的確很稀奇……」。至於浩一，他一樣在我身邊的座位睡得很安穩。都說愛睡的孩子長得快，那如果身體已經死掉了呢？

正當班上開始躁動時，前門被喀啦一聲打開。大家還以為小河老師終於來了……

「2年C班，你們是怎麼了？吵成這樣……咦？這堂課不是現代國文嗎？」

進門的卻是生物老師，叫做玉置，同時也是我們班的副導師。

「啊，小玉！河河老師還沒來耶～」

橋本說完，班長也看著玉置說「也沒收到通知」。穿著芥黃色高領毛衣，外面披著白袍的玉置老師稍微皺起眉頭。他這個人很瀟灑，沒有壓迫感，也讓人猜不透他在想什麼。他的外表滿有型的，因此在女孩子間頗受歡迎。

「早上開班會的時候他有來嗎？」

「他那時候有來……」

「是有來啦，但是他的樣子好像怪怪的。」

橋本打斷班長的話說道，「對不對？」她向隔壁的鏡屋尋求認同，而鏡屋靜靜地點頭。

「怎麼個怪法？」

玉置一問，班上各處此起彼落地說「頭髮很亂」、「黑眼圈超重」、「連鬍子都沒刮」、「可是他有笑啊」。

小河的穿搭非常不起眼，總是穿著燙得一絲不苟的襯衫，看起來乾淨整齊，很少看到他一身凌亂，但我當時沒什麼在意這件事，只覺得他是睡過頭了吧。

「……感覺就像已經好幾天沒睡，快要撐不住了，但還是來上班，為了不讓周遭的人發現異狀，臉上硬堆起笑容的人。」

簡單做出總結的人是鏡屋，橋本則佩服地點頭：「對，就是那樣~」

玉置的臉色顯然瞬間沉了下來，但他馬上變回平時玩世不恭的語氣：

「哎呀，大人也會遇到很多事啦。」

他這麼說完，交代班長「你們先自習，安靜一點啊」就走出了教室。教室裡剩下學生們，大家都開始做自己的事，但有一些人很擔心小河老師。

「他是怎麼了~畢竟小河河感覺很脆弱~」

「過完年以後，他就變得有點消沉了吧？」

「有嗎？小河老師本來話就很少，搞不懂他啊~」

小河確實很安靜，臉上也總是掛著微笑，讓人猜不透他的內心。我則和他相反，總是不愛理人的樣子，所以猜不透我的內心……橋本曾經這麼說過。就算是這樣的我，當然也心裡波濤洶湧地過著每一天，作為大人的小河應該也是如此。至於小河老師是遇到了什麼情感大浪，飄搖不定——我大概猜得到。雖然沒有跟他本人確認過，而且也實在沒辦法去問，但應該八九不離十。

我撐著臉頰，隨意看向隔壁時，浩一突然抬起頭。

「你醒了啊？」

「…………」

浩一還在恍神，難得對我說的話沒有反應。然後他不發一語地從椅子上站起來，發出喀噹聲響。

「浩一？」

「……小河河……」

「嗯，這堂變成自習了……浩一？你要去哪裡？」

浩一走出教室。班長對他說：「自習也不可以離開教室喔！」但浩一反而更加快了腳步。我追上浩一，並對班長說：「我們去一下保健室！」

「浩一他……身體有點不舒服！」

我丟下一句幾乎沒有實質意義的話。要說他身體不舒服……他已經是個死人了，在這種情況下，他的身體不知道還能發生什麼事。

浩一的個子很高，腳也很長，所以他走得快一點，我幾乎要小跑步才跟得上。我一邊追上他，一邊問：「你怎麼了？」而他依然沒有回頭看我，只回答：

「得快一點，不然小河老師會……」

我感覺到後面有人追了上來，回過頭一看，是班長。

「青海，山田怎麼了？」

他不是來罵人的，似乎是擔心我們才跟過來的。

「我也不知道，他說小河老師好像出事了。」

浩一走路的樣子，像是受到某種看不見的力量引導。

他越走越快，直接走出校舍，朝廣大校園的一角走去。

「你要去舊校舍嗎？」

班長問道，我也覺得他的目標或許是那裡。我們學校的歷史十分悠久，以前的老舊校舍都還在。舊校舍說好聽一點是古色古香，說難聽一點就是破爛的廢墟，不知為何至今遲遲沒有被拆除，有些牆壁上已經爬滿了藤蔓。在學校七大不可思議中，這裡被說是「會出現靈異事件」的地方，因此要是平時的浩一，根本不可能會想去那裡。

可是現在……浩一的狀態稱不上「一如往常」。

「咦，這裡怎麼沒鎖？」

班長大感訝異。因為浩一像被吸進去一般，走進了一道平時應該牢牢上鎖的門，而我們就跟在他的身後。這裡有種積滿塵埃、發霉，又或者被捨棄遺忘之地才有的獨特氣味。

浩一走上樓梯，不停往上走去。

然後他來到頂樓。

天空一片萬里無雲。今天的天氣非常晴朗，冬日的晴空藍得刺眼。

小河老師就在那裡。

我嚇了一跳。頂樓的邊緣……金屬防護網有一處破了個洞，小河就站在那個大洞前。

他看見我們似乎也很驚訝。這也難怪，因為不可能有任何人跑來這裡才對。

「……青海，這個情況……是不是很不妙啊……？」

班長說得沒錯。

我們呆站在原地，不想隨便靠近，刺激老師。

此時此刻，小河老師的精神狀態感覺不太正常，被逼到了極限。他平時是個理性又溫柔的人，會選擇在白天的學校裡做出這種事……應該是真的快撐不下去了。

我們三人之中只有浩一站得離小河老師近一點。

他直盯著小河老師。小河老師也看著我們，一動也不動。他應該心生了猶豫，不曉得該不該在學生面前這麼做。

一陣風吹來。

好冷，真的好冷，因為我們沒穿外套就跑出來了。

浩一稍微留長的頭髮在風中飄動。他應該不會冷吧。

接著我們聽見不只一個人的腳步聲。

「人我帶來了。」

淡然地說著，出現的人是鏡屋，她拉著玉置老師的手。玉置沒看向我們，直接看向小河，瞪大了雙眼。他張開的嘴形像是想說「你」，卻說不出話來。你在做什麼啊——他應該是想這麼說，但答案一目了然。

沒過多久，橋本也來了。她站在我身旁，喘著大氣告訴我：「小、小美她突然跑出教室……」

「所以我也趕快追上她，結果她一找到小玉老師，就不容分說地把他帶來這裡了……」據說是我們一踏出教室，她也馬上跑出去了。小美認真跑起來真快……橋本說著，還是氣喘吁吁的。

「小河老師。」

玉置的聲音被寒風捲入空中。儘管他的語氣十分平靜，仍舊能聽出他為此盡了多大的努力。這也是理所當然，畢竟他的內心應該很慌張失措。

玉置緩緩走向前。不過，他走到跟浩一差不多位置時……

「不准過來！」

小河大聲拒絕，又向後退了一步。

「請你不要……過來。」

「那小河老師，拜託你回來這邊。」

對於玉置的請求，小河拒絕道：「不要！」玉置繼續安撫他：「這裡有你們班的學生啊。」但小河老師依然站在原地不動，只把目光移到我們身上。

「……青海同學……你們幾個……回去教室。」

他以柔弱的聲音這麼說著。

「我……我沒事，你們回去。玉置老師也是……讓我一個人靜一靜，我真的沒事……」

不好意思，你那個樣子完全不像沒事。說到底，沒事的人才不會臉色鐵青地站在只差幾步就會一頭栽在地面上的地方。

「小河老師，我們再談一談吧。」

「已經……沒有什麼好說的了吧？」

「我們找個地方喝點熱的東西，坐下來聊……」

「……不要過來！」

小河看見玉置走近，大喊一聲。

他抓住鐵絲網，發出喀啦聲，玉置立刻定在原地。

「雅彥……拜託你。」

他第一次直呼小河的名字。

玉置和不起眼的小河相反，他有著一張當老師太過浪費的俊俏臉龐，總是態度輕浮又我行我素，有時候還會開些地獄玩笑。這樣的他不免也臉色發白。

「不要。」

小河回道，然後對在場的所有人說：

「拜託你們回去，讓我一個人靜一靜。拜託你們不要管我……」

他扯著嗓子大喊。

「我應該也有權利『這麼做』吧。」

又如此續道。

浩一的身軀猛然一顫。

突然，他大步走上前。小河尖聲喊著「山田，不要過來！」，但他還是沒有停下腳步，結果小河逃跑似地終於跨過了鐵絲網的破洞，走到另一側。

「雅彥！停下來！」

玉置大聲喊道，浩一這才總算停了下來。

然後……他像是想到了什麼，當場把衣服，也就是身上的運動服脫下來。他猛然拉下拉鍊，扯下袖子，連穿在裡面的T恤也全部脫下來扔在一旁，裸露出上半身。我們目瞪口呆，小河老師似乎也嚇了一大跳，僵在原地。

浩一再度向前走。

小河直盯著他的身體，因為浩一的上半身到處都是內出血，讓他沒辦法移開視線。或許是小河作為老師擔心學生的心情，阻止了他失控。

「老師。」

浩一開口。他隔著鐵絲網和小河老師對峙。

「山……山田，你、你那些瘀青……是怎麼一回事？」

「嗯，就是我出車禍了。」

浩一低頭看著自己身上的青紫，如此說明。

「出……出車禍？」

「老師，我昨天被大卡車撞到，撞破了頭，心跳也停止了。」

小河老師說不出話來，看著浩一。他想必不相信他的說詞，不過他非常困惑，不明白浩一為什麼會說出這種話。

山田浩一坦率又開朗，在班上人緣很好，體育是他的強項，但成績不怎麼樣，尤其是現代國文要再加油一點……在小河的認知裡應該是這樣的，他不是會裸露出滿是青紫的上半身，說一些莫名其妙鬼話的學生。

浩一高大的身子彎下腰，鑽過鐵絲網的破口。

我屏住氣息。他們兩人只要再往後幾步就會掉下去了。

風在耳邊颳出咻咻的聲音。

宛如在發怒一般，將老舊破損的鐵絲網吹得喀噠作響。

「山……山田，這樣很危險，你快回去……」

「老師才危險呢。」

「我……我………我無所謂。」

「老師，你覺得從這裡掉下去，一切就結束了吧？」

浩一的聲音隨著風傳來，就像平常一樣沉穩。

「但是，你可能搞錯了。」

他的聲音有一點哀傷。

「山田……？」

「老師，你摸摸看我的這裡。」

浩一抓起小河的手，有點強硬地把他的手拉到自己胸前。

「山……」

「沒有心跳，對吧？」

「………」

「心臟沒在動了，對不對？」

「…………」

兩個人沒有動作。

半裸的學生和摸著學生胸口的老師……他們就像這種主題的雕像，一動也不動。和雕像不同的是，風吹亂了兩人的頭髮。

「……青海……山田在說什麼？」

對於一臉疑惑的玉置，我什麼都無法回答，橋本則十分艱難地回答他：「那是……山田同學獨門的話術啦！」

「就算是這樣，他說心臟沒有在跳……青海，山田他究竟……」

「吵死了。」

「比起這個，你好好去勸他啦！那是你男友吧。」

我毫不掩飾煩躁，看著玉置：

「…………」

「是因為你們要分手才鬧得不愉快吧？要是連浩一也一起掉下去該怎麼辦啊！他本來就……真是的……」

他明明是具屍體，全身上下都千瘡百孔了。

要是他的身上又有更多損傷要怎麼辦啊？這種心思湧上心頭，我實在無法待在原地，朝他們走過去。途中還把浩一脫下來丟在一旁的運動服撿起來，抱在懷裡。

「小滿。」

浩一看著我。

「喔，青海……」

「老師，我先跟你說重點吧。」

我毫不掩飾不悅的語氣。

「以這種高度來說，你很有可能死不成喔，可能會是全身骨折之類的重傷……然後會留下很嚴重的後遺症，或是變成殘障，這是老師想要的結果嗎？」

「不……不是……」

「我想也是。你大概是一時衝動才會跑來這裡，但是先冷靜下來好嗎？我建議你好好找個專業的醫生接受治療，有需要的話就吃藥，找回你的心理健康。你就這樣一時衝動從這裡跳下去，不會有任何好處。而且，我最重要的朋友也快一起掉下去了。」

「喔，青海……你趕快把山田帶回……」

「而且，浩一的情況本來就很糟糕了，你沒感受到他的心跳吧？」

小河依舊瞪大雙眼，再度摸上浩一的胸口，尋找他的心跳。他的臉頰顫了顫，低喃著「為什麼？為什麼……」並繼續摸索。

「你再怎麼找都找不到的。」

我停在鐵絲網前，毫無情緒地說：

「浩一已經沒有心跳了。」

「……你們兩個在說什麼……」

「他是一個死人，雖然還在活動。」

「對，我是一個死人。」

浩一用力捶了一下自己的胸口，如此宣告。

「很嚇人吧？但這是事實。我以前也以為人死後會去別的地方……但我還在這邊。」

「在……在這邊？」

「沒錯，在這邊。該怎麼說，是稱為陽間嗎？我不是很懂，但是小滿就在這裡，我只要這樣就夠了。」

浩一笑了。

只要有小滿在就可以了。他笑著說。

「小滿願意陪在我身邊，他幫我把扭曲的腳扳回來，還幫我縫了傷口，真的沒有什麼事可以難倒小滿……可是老師，如果你從這裡掉下去……」

他往底下瞥了一眼，接著說：「身體或許很難恢復原狀。」

「沒……你沒有死吧……山田……」

「依照小滿的定義，應該是一個活著的死人。」

「死人……就……不會活著了…………」

「我也這麼覺得啦～」

「……這……一定……是在作夢吧……？」

這不是什麼夢。

我很想這麼反駁他。

同時又有另一個我，至今仍想要認為「說不定是一場夢」……所以很棘手。

雖然一次又一次地認為這不是夢，但假設我是在作一個不會醒來的夢，又怎麼會知道自己是在夢裡呢？

如果是那樣，夢境和現實有什麼不同？

「對啊，搞不好是在作夢。」

浩一說出了浮現在我腦海中的話。

「我也這麼想，如果這是一場夢就好了。」

「山田你也……？」

「是。」

浩一笑了一下，點點頭。

「如果是作夢……就能醒過來，感到傻眼，然後笑一笑……就當作沒事了。什麼也沒改變，一切都和昨天一樣。我也能跟平常一樣，跟小滿一起去上學……」

他溫柔地說著，放開抓住小河老師的手，接著輕輕地摸上小河纖細的脖子。只用他的右手，輕輕地。

小河雙腿一軟，跪了下來。

「唔喔……」

浩一撐住失去意識的小河老師，身體微微後仰。

「咿！」橋本發出一聲慘叫，我則是連一點聲音都發不出來。浩一在千鈞一髮之際抱著小河，奮力撐住了。

我的雙腳僵著，動彈不得。

玉置老師衝上前去，從浩一手上接過小河的身體。他抱緊小河，當場癱坐在地。浩一也精疲力竭地跌坐在地，看著我。

「嚇死我了。」

他笑著說。

§

「小滿，你今天要不要來我家？」

放學後，浩一問我。

接連兩天住在我家，他爸媽應該也會擔心，而且，也不能老是穿著運動服，所以還是需要回家一趟。我也沒辦法把制服借給他穿，因為尺寸完全不合。

「我一個人會有點擔心……」

他魁梧的身子垂頭喪氣，微微噘起嘴。浩一有時候會露出這種撒嬌似的表情，我很喜歡看他這樣，不過我從來沒有表現出來過。

「不會有事的啦，你今天看起來已經完全不像死人了。」

「可是，要是我家那些超級有活力的小不點們接連擒抱住我，我的脖子或腳不知道會不會往奇怪的方向扭曲……」

「怎麼可能……」

我沒有辦法把話說死。

浩一現在的身體與其說是靠骨頭穩固地支撐著，的確感覺更像是用肌肉努力連結著那些骨折、錯位的地方，應該不太能承受突然的撞擊，所以目前也不參加社團活動了。可是仔細想想，他那兩個精力過剩的弟妹搞不好比社團活動更危險。

「小滿在的話，他們會稍微收斂一點。」

「是嗎……我看到的他們是比較收斂的嗎……」

「嗯，不然最小的小湊每次都會像火箭一樣衝過來。」

「那也太激烈了。」

「比較大的小渚是會從死角衝上來……」

小湊是五歲的弟弟，小渚是九歲的妹妹，兩個人都超級喜歡年齡相差許多的大哥，所以會毫不留情地用他們的愛意爆擊。

「你就過來吧？他們兩個也一直問小滿什麼時候會來。」

「可是，我突然過去不太好吧。你媽媽現在那麼辛苦。」

「不會，我媽也說她很想看到你，她說看到小滿可愛的小帥臉就會被療癒。」

「……什麼意思啊……算了……有被療癒就好……」

我也去過山田家很多次，但浩一來我家的次數比較多。

因為我家通常沒人，應該說父母幾乎都不在家，不需要顧慮太多。相反的，浩一家總是一家和樂融融，是家裡多一個人也不會介意的家庭。

其實，要跟浩一分開，我也很擔心。

萬一他不在我身邊的時候，身體發生了什麼異狀該怎麼辦……萬一浩一這具不平凡的屍體，變回了普通的屍體該怎麼辦？萬一從此以後，再也沒辦法像這樣和他談天說地該怎麼辦？這些想像會不受控地閃過我的腦海。

「嗯……那好吧。但你要打電話問一下你媽喔。」

「太好了～～」浩一笑著說，就像一個期待參加幼兒宿營的幼稚園小朋友。

放學後，我們並肩回家的路上，跟忙碌的班長擦身而過。浩一揮手說了聲「掰掰～」，班長便一臉嚴肅地說「回家時要小心車喔」。他應該不是在開玩笑，而是認真的，這傢伙就是這麼特別。

「班長被叫去校長室了吧？」

浩一問道，我點了點頭。當然是因為小河老師那件事。

「目前的說法是你碰巧注意到小河老師不太對勁，所以追到舊校舍去了。這是我跟班長討論之後決定的。」

「碰巧……？」

「就是碰巧，不需要解釋太多，因為學校只是想要封住當時在場的學生的口，我們那時候看到的是小河老師站在舊校舍的頂樓，茫然地沉思。就只是這樣。」

「雖然我不會去跟別人說……可是這樣好嗎……」

「小河老師好像去醫院了，接下來的事情就留給大人們去處理吧……但是……你真厲害耶，竟然能攔住小河老師。」

「咦？我很厲害嗎？」

浩一忸忸怩怩地說著。因為我很少這麼直白地誇獎他，所以他覺得很害羞。

「嗯，他是個好老師……我希望他可以打起精神。」

「是啊。」

「但你是怎麼知道小河老師在舊校舍的？」

「嗯～……感覺就好像，被某種什麼東西拉過去了……」

「某種東西是？」

「那會是什麼啊？」

他反過來問我，我回了一句「我哪知道」。浩一對我有所誤解，覺得我什麼都知道。

「而且你那時候摸老師脖子是在做什麼？看起來也不像在壓迫他的頸動脈啊。」

要是對脖子的動脈上施加壓力，暫時阻礙血流，人就會昏厥。這是格鬥技中絞殺技的原理，但實際上似乎沒那麼容易做到，當然也非常危險。

「其實我也不太懂……就是突然想那麼做……或者是我覺得應該要那樣……」

浩一雙手忙碌地不停比劃，摸索著言詞，但最後似乎還是找不到適合的說法，放棄道：「我不知道啦。」但我也說了句「這樣啊」接受了。我們唯一知道的，就是我們對現況一無所知。

「小河老師跟小玉老師之前在交往嗎？」

「應該是吧。」

「小滿你早就發現了？」

「隱隱約約。他們兩個很常眉來眼去啊。」

「我完全不知道……」

「應該是大家都不知情啦。有發現到的，大概只有我跟鏡屋吧。」

「那他們是分手了嗎……所以小河老師才會受不了……原來他這麼喜歡小玉老師……」

我們停下來等紅燈的時候，浩一喃喃地說。

我也在想類似的事。有一個自己喜歡的人，那個人也喜歡著自己，但是這段關係因為某些原因結束的時候……要是以前的我，聽到有人為了這種事情而尋死，說不定會笑出來。

但現在不一樣，從我喜歡上浩一的那時起，情況就不同了。我能夠理解小河老師為什麼會陷入憂鬱之中，並不是嘴上說說，而是可以想像那種心痛。

「……哈啾！」

想著想著，我又打了個噴嚏。

浩一想解下他圍著的圍巾，替我圍上。那是我們剛剛要回家的時候橋本說「山田，你脖子上的內出血痕跡太明顯了～」，借給他的。

「不用啦。」

我將那條毛茸茸的黃色圍巾推回去。

「不行啦，你會感冒。」

「那是橋本借你的東西，你好好圍著啦。」

「我又不會冷，都已經死了。」

「不要說死了啦。」

「啊，都已經是屍體了。」

「總之不用啦！」

他很纏人，我打算先往前走，卻被他用力拉回原地，然後被半強迫地圍上了圍巾。橋本對顏色的美感很有個人特色，所以這條圍巾是十分鮮艷的螢光黃。

「哇啊，小滿，你跟黃色很搭耶～好可愛，好像一隻小雞。」

浩一一臉開心地幫我整理好圍巾，像傻瓜一樣不停地說著可愛。我對自己的娃娃臉很自卑，很討厭被人家說我可愛。雖然我知道浩一沒有別的意思……但在人潮中一直被說可愛實在很丟臉。

我甩開他的手，先往前走去。

「小滿，等等我啦。」

浩一追了上來。

我會揮開他，是因為我知道他馬上就會追上來。

§

「哎呀呀呀，小滿！你來了～啊啊，今天也好可愛！好像一隻小雞！啊，是因為這條圍巾吧！」

又被說是小雞了。不過對方是浩一的媽媽，我沒辦法跟她生氣，而且老實說，我並不覺得討厭。

「小滿是我的偶像啊……啊啊，好療癒……」

一直被人這樣直盯著看，我不知道該做何反應。之前得知山田媽媽喜歡的偶像是誰的時候，我就覺得「原來如此」，能理解了，因為我滿常被說長得像那個偶像。

「來來來，坐吧，吃個橘子。今天晚上吃火鍋，說是今晚吃……應該要說今晚也吃火鍋才對，因為我們家很常吃！」

山田媽媽朝氣蓬勃地快速說著，我開口說：「啊，我也來幫忙。」結果她摸著自己的大肚子回答：「沒有關係～我動一下反而比較輕鬆。」

沒錯，山田的媽媽快要生了。

我記得預產期是下個月……浩一竟然要有一個小他十七歲的弟弟或妹妹了。我不清楚山田媽媽的年紀，但浩一應該是非常年輕時生下的大兒子。

「你就別管廚房了，吃晚餐前，你可以陪小渚寫一下作業嗎？因為你比浩一還要會教人啊～」

浩一抱怨了一句「好過分」，山田媽媽又笑了。小渚已經把他的數學講義拿出來了，輕手輕腳地鑽進我旁邊。會說是鑽進來，是因為我正坐在暖桌裡。

冬天的時候，山田家的起居室會擺上一張又大又重的暖桌，基本上全家大小都會窩在那裡。小湊也跑到我的另一邊，用他的小手幫我剝橘子。才五歲就可以剝得這麼好，我一稱讚他，他便露出滿臉笑容。

我的兩側都沒位置了，浩一只好坐在我的對面，看著我作為二哥一刻不得閒，微微笑著。

廚房傳來火鍋湯底的香味，電視上播著搞笑綜藝節目，不久後，山田爸爸說著「我回來了」回到家中，小湊就開心地叫著「把拔！」衝到玄關……

就像古老連續劇一樣，溫暖又熱鬧的家庭。

和我家相差太多，所以我一開始相當不知所措。老實說，甚至溫馨到我幾乎待不下去。

我第一次來到山田家，是在高一的暑假。我差不多花了一年才跟他們家變熟，主要得歸功於小湊和小渚很親近我。我是獨生子，所以不太知道該怎麼跟他們相處，但他們兩人毫無顧慮。我要嘛就是當他們的二哥，要嘛就是再也不去山田家，只有這兩種選擇……所以我選了前者。

「要是沒有小滿，浩一搞不好會被留級呢。」

晚餐的時候，山田媽媽深有感慨地道。

「說到底，他可以考進那間高中就像奇蹟啦。就連國中老師聽到浩一向他報告說『我考上了』，都懷疑他可能看錯了，親自跑去確認榜單呢。不過，我也跑去看了！阿哈哈哈！來來來，多吃點。喂，小渚，你從剛才就只夾肉丸！」

桌子中央放著滾滾沸騰的火鍋，冒著熱氣。我聽山田爸爸說過，山田家冬天必吃的東西就是放滿雞肉丸和青菜的火鍋。據說山田爸爸是個社福人員，從事高齡人士長照方面的相關工作。

「我們辦公室最近買了新電腦，聽說之後要用電腦來管理工作日程……可是那個我實在不會用啊～小滿，你會嗎？」

聽到山田爸爸這麼問，我就答道：「會，我還滿常用的。」

「啊，那吃飽之後，我可以問你一些問題嗎……」

「把～拔，不可以！小滿要跟我一起打遊戲！」

「才沒有，他是要跟我玩排七。」

「等一下，小滿是我的朋友，應該是跟我……」

山田媽媽笑著說「小滿爭奪戰開始啦」，又端來一盤馬鈴薯沙拉。浩一會這麼愛笑，也許是像他媽媽。

「不過浩一真是的，難得小滿來我們家玩，你竟然吃壞了肚子。一定是天氣這麼冷，你卻又偷吃冰了對不對？小滿，你就連浩一的份一起吃掉吧。這個香菇很好吃喔，很厚呢。」

「好的，那我就不客氣了。」

我已經吃得比平常還多了。不只是火鍋，還有馬鈴薯沙拉、炸雞、拔絲地瓜、涼拌牛蒡絲……在他們家，所有東西都是裝在大大的器皿裡，每個人直接用筷子去夾。體育社團辦的宿營大概就像這種感覺吧。

浩一還是什麼東西都沒吃。

他只是坐在桌邊，撐著臉頰，帶著微笑看著我和家人吃飯。

「小渚，妳今天怎麼好像變乖了一點？平常明明吃得更狼吞虎嚥。啊，是因為小滿來了吧？」

「哥，你在亂說什麼！真是個笨蛋。」

「唔哇～她罵我笨蛋！」

「馬～麻，我討厭蔥～」

「不行喔，小湊，你這樣講，蔥會哭喔。」

「嗚～……可是蔥會辣…………」

「小湊，哥哥幫你把蔥挑掉。」

「喂，浩一，不可以這麼寵小湊。」

「那個～小滿哥哥～你有女朋友嗎～？」

「小渚，不准侵犯小滿的隱私！」

「哥哥閉嘴啦。」

「女朋友……嗯……沒有喔。」

「咦～你明明長得那麼帥！」

「馬～麻，我要吃肉丸，幫我夾～」

「哥哥夾給你，小湊，過來。」

浩一把弟弟抱到自己腿上，把肉丸夾到自己的盤子裡。他將肉丸吹涼後餵弟弟吃的動作很熟練。

猛地抬頭一看，起居室的窗戶起了霧，窗框被凝結的水珠濡溼了。

外面應該很冷，但這個地方既熱鬧又溫暖，在這幾乎可以拿來當廣告的一家和樂的光景裡，我也在其中，我到現在還是覺得有點奇妙。

我從小就很常獨處。

母親早逝，父親忙於工作，也沒有兄弟姊妹——自我懂事以來，就有自己的房間了。連幫傭阿姨為我煮火鍋的時候，也是用一人份的小鍋子。就算是和爸爸一起吃飯，也只是一人份的鍋子變成兩個而已，這就是青海家。話雖如此，我也不是要抱怨這一點。偶爾來浩一家作客是很開心，但假如要我一直住在這裡，我應該做不到。我是需要私人空間的那種人。

……當我想著這些時，手上的筷子似乎停了下來，於是又被一家人催促著「趕快吃，趕快吃」，我連忙把心思拉回火鍋上。

吃完晚餐後，教山田爸爸用了一下電腦、陪小渚打電動、和小湊一起玩牌，又讀繪本給他聽……在我唸到第三本的時候，山田媽媽喊著「小滿~可以洗澡嘍！」救了我。

洗好澡後，我直接走到浩一位於二樓的房間。

大約三坪大的房間裡鋪好了兩組被褥。浩一在我後面去洗澡，然後拿著兩瓶微氣泡飲料回來。我們兩個坐在棉被上，輕輕碰了碰手上的小飲料罐。換作是大人應該會喝啤酒吧，洗澡之後拿著啤酒乾一杯……這種事情，我和浩一能做到嗎？

浩一盤腿坐在被褥上，只抿了一小口微氣泡飲料到嘴裡，就立刻把瓶子放到一旁了。那張我熟悉的側臉，一如往常地令人安心。

他發現我在看他，轉過來對我微笑。

「小滿，我的睡衣穿在你身上變得好大件。」

「……是真的很大件。」

「你好像很睏，累了吧？」

「有一點。」

「我們全家都太喜歡小滿了啊。」

「………」

「可是最喜歡你的是我喔，我才是最喜歡小滿的人。或許您早就知悉此事，但容我重申。」

浩一開玩笑地說著，我向他靠了過去。

剛洗好澡，全身暖呼呼的浩一聞起來和我有同款洗髮精的香味。我依偎著浩一，把手掌貼在他的胸口。他的心臟是不是又開始跳動了？

「小滿。」

我的手心沒有找到任何心跳。我還是不想放棄，將耳朵貼上他胸前。

一片寂靜。

靜得令人害怕。

浩一緩緩抱住我。「抱歉」，我聽見他小聲地說。

「抱歉，我覺得應該不會動了。」

「……你怎麼知道？」

「該說是感覺嗎……畢竟還是自己的身體，就是知道啊……」

「你太容易放棄了，再堅持一下吧。」

「咦～某種程度上來說，我已經堅持很久了耶，心臟都不跳了，身體卻還在動。」

這麼說來，確實是如此。我離開浩一，坐回自己的被褥。要是一直跟他貼得太近也有很危險，而且和室的隔音很差。

「你有跟你爸說，今天要來我家住嗎？」

「有，他說這樣啊。他今天會回家，但聽說明天一大早要動手術。」

「真辛苦呢，畢竟他手上掌握著某個人的性命啊……」

我也這麼覺得。雖然爸爸非常喜歡錢和名聲，但他最喜歡的還是康復患者的笑容。作為他的兒子，這部分我還是懂的。

我並不討厭爸爸，只是怎麼說呢……他是個無法猜透內心的人。

「話說，小滿，那天幫我看診的女醫生是……」

「對。」我翻身躺下來，回道：

「是我爸的女朋友。」

「…………果然是這樣？」

「嗯，好像已經交往好幾年了。」

「呃……可是你爸爸現在是單身……」

「對方已婚，所以是婚外情。」

「…………咿呀！」

咿呀是怎樣啊。我不禁笑了出來。

「我也不想威脅她，但這次是逼不得已。不過香住醫生那邊聽說已經分居了，應該再過不久就會離婚了。」

「咦，你的消息怎麼這麼靈通……？」

「護士們……啊，不對，現在好像改叫護理師了……反正就是有一次她們找我去唱歌的時候聽到的。」

「唱歌？」

「我跟內科的護理長關係很好啦，因為很久以前就認識了，感覺就像是我的奶奶。她還來參加過幾次教學參觀日……等香住醫生離婚，可能就會跟我爸結婚吧……」

我茫然地看著天花板，思考著這些。長長的拉繩從電燈旁垂下來，尾端掛著小小的皮卡丘，晃來晃去。這樣躺著也能關燈，很方便。

「小滿，你不會介意嗎？」

我伸手戳著那隻皮卡丘，回答：「這種事也輪不到我插嘴吧。」

「可是，那位醫生會變成小滿的媽媽……」

「反正我打算上大學後搬出去自己住，所以沒什麼差。嗯，大概就剩繼承的問題吧？但那方面我也無所謂啦。說到底，我跟母親這種角色沒什麼緣分，所以我不太清楚。」

「你媽媽是在你八歲的時候過世的吧？」

「對，可是我四歲的時候，她就已經住院了，所以我幾乎沒有跟媽媽在那個家裡一起生活的記憶。」

「她那麼早就住院了嗎？我之前都不知道。」

「我沒提過嗎？」

我又翻了個身。浩一也在我身邊躺下，我們的肩膀靠在一起。

「想到媽媽，我只記得她很嚴厲又可怕而已，就算去醫院看她，她也只會問我有沒有乖乖聽話？有沒有認真念書？沒有挑食吧？或是抬頭挺胸站好、這裡是醫院，走路要小聲一點……之類的。」

我對母親的印象很模糊。

明明是個病人，她的背脊卻總是挺得筆直，纖瘦又漂亮，但是眼神很凶。

現在我常常被說長得很像媽媽，但我自己不太清楚。性格高冷的部分可能是遺傳到我媽，但仔細想想，我爸也是個不近人情的人。從媽媽開始住院到我快升上國中，我都是住在爺爺奶奶家。現在回想起來，奶奶和媽媽的關係似乎不是很好，因為奶奶不太想帶我去探望媽媽。

奶奶也在我升上國中的那一年過世了。

「我沒有被媽媽摸摸頭，或是抱在懷裡的記憶。還是小嬰兒的時候應該有過，但也不可能記得。」

不過，媽媽能嚴厲地對我管東管西的時候，應該還算有力氣了。最後半年，她幾乎都在睡覺，話也變得非常少。

她會叫我的名字，只靜靜地看著我。

當時的她好像光是睜著眼睛就很疲憊了，而我看著這樣的母親也很難受。爸爸曾經從身後推著我走近病床，我輕輕握起她的手，枯枝般的手指令我十分害怕。

「……有一天半夜，八歲時，我睡到一半，老爸突然走進我房間，極其溫柔地把我叫起來。因為這種事從來沒發生過，所以我馬上就明白了。啊啊，媽媽死掉了啊。」

我坐上車，前往父親的醫院。

媽媽死掉了是我的猜測，正確來說是「快要死了」，真的只是在等時間到，當時媽媽身上連接著的多條管子幾乎都被拔掉了。她沒有意識，但是身體還是溫熱的。

爸爸要我跟媽媽說再見，我不太想說，但還是小聲地說了一句：

再見。

「然後沒過多久，媽媽就斷氣了。」

「……這樣啊。」

「我那時沒有哭。也不是不難過……就是覺得，沒什麼真實感吧。雖然是自己的媽媽，卻不是很親近的感覺，連我自己都覺得我是個很無情的兒子。」

浩一從背後抱住我說「小滿很溫暖喔」。他是在說體溫，還是說人性呢……可能兩者都有吧。

浩一雙手的力道加重，把我抱得更緊，甚至令我有點吃痛，但我很開心，因為可以感受到浩一的存在。

我撫上環抱住自己的浩一手臂。

我很想轉過身去，跟他面對面，但是我猶豫了。

因為要是那麼做，一定會想吻他。

在不知道弟弟妹妹何時會拉開門，飛撲進來的這個地方，這麼做實在不太好。

#4

浩一變成屍體後的第三天下午，我發現了某個現象。

起因是世界史的小考。考卷就像平時一樣，從第一排傳下來。浩一坐在我身旁的座位，一臉厭煩，畢竟他連把自己的出生年換算成西元都會弄錯，根本不可能記得清教徒革命是什麼時候，但是教世界史的爺爺級老師又超愛隨堂小考。

「老師～這邊少一張～」

坐在浩一那排最後面的女同學說道，老師則是一臉「怎麼可能」地看向那一排，然後皺起眉頭：

「那裡多放了一張，在那個沒來的同學位子上。」

說完，他走到浩一的座位旁邊，看都不看拿著自動鉛筆的浩一，就從他桌上抽走了考卷。

老師直接走到最後一個座位，遞給學生說：「來。」女同學看著老師伸出來的手，愣愣地接過了那張考卷。和她一樣愣住的，還有我。

簡直像是那個老師……看不見浩一一樣。

就算有老花眼，也不可能沒看到體格這麼高大的浩一。我也想過那或許是什麼難懂的笑話，但這個老爺爺老師不是那種人。

我還注意到一件事。

班上大部分的同學都因為此刻發生的事情瞪大了眼，但也有一些同學看起來毫不在意，帶著什麼事也沒發生的表情在考卷上寫上名字。

難道說，他們看不到浩一嗎？

他們和老爺爺老師一樣，都看不見他嗎？

我的預感成真了。

「我去跟同學講話的時候，也有幾次被無視。」

午休時，浩一這麼說。我們在沒人的生物教室聊起這件事。班長也發現了這件事，也一起來了。

「根據我的觀察，目前大概有六、七個人吧，都是和山田沒有什麼交集的人。至於平常會跟山田聊天的同學都看得到……怎麼辦？要做個問卷調查嗎？問問看你是否看得見山田浩一同學。」

「你是白痴嗎？」

面對我冷冷的一擊，班長有點生氣地反駁：「可是……」

「為了山田好，我們也需要掌握現在的情況吧？也不知道接下來會發生什麼事……」

「什麼叫會發生什麼事？」

「我是說……就是不知道才要想辦法啊……」

「不知道會變成怎樣就不能想辦法啊，就算了解現況也一點意義也沒有，是在浪費時間！」

「青海？你幹嘛這麼生氣啊？」

聽見班長這麼問，我別開了目光。我確實很焦躁，或許很生氣。因為，這很合理吧？竟然看不見浩一，這是什麼意思啊？

「嗯……該說是看不見我嗎……我覺得他們也許是已經忘記我了。」

「忘記你了？」

浩一看著我，「嗯」地點了點頭。

「你想，人會漸漸忘記死掉的人吧？例如明星或藝人死掉後會上新聞，大家會先嚇一跳，然後討論一陣子，但是慢慢地就不會想到這件事了吧？」

「你又不是大明星。」

「是沒錯，但我是說和那個很類似。死掉後，就會慢慢被人遺忘。」

「……嗯……我最近也很少想起三年前過世的奶奶了……」

班長小聲喃喃道。

「對，就像那樣，我覺得那大概是很正常的事情，因為活著的人要思考活人的事情就夠忙了，哪還有空去管死掉的人……」

「你還活著吧！」

我不禁大吼出聲。

班長嚇得縮起肩來，浩一則露出為難的表情：「小滿……」

「雖……雖然身體已經死了，但是你還活著。會動、會說話……所以你還活著。而且我可以清楚地看到你，班長也看得到吧？」

「唔、嗯，我看得到你，山田。」

浩一笑得臉都皺了起來，他對班長說：「謝啦。」然後續道：

「哎呀，反正這樣就不用考試了，很好啊！」

又說了一些裝傻的話。我失去力氣，坐上生物教室的圓凳。接下來的情況會變成怎麼樣呢？看得見浩一的人、看不見浩一的人……那是指快要忘記浩一的人和還記得他的人嗎？真的是這樣嗎？

「……這樣的話……」

我抬起頭，看著浩一。

「也就是說從今以後，至少還有我一個人，會永遠永遠看到浩一吧。」

「小滿……」

「不管發生什麼事，我都絕對不會忘記你的。」

只要沒忘記就看得見，只要看得見浩一就還在這裡。

不管是死人還是什麼，他都會在，也摸得到。

「我也不會忘記山田啊！應該說，誰忘得了啊？他可是心臟停止跳動了還來上學的同學啊。」

班長說完這句話時，突然傳來一道說話聲：「你說誰的心臟已經停止了？」

我們嚇了一大跳，班長更因為太過驚訝，腰側撞上了桌角。生物教室的大桌子紋絲不動，班長則痛到說不出話。

「原來是C班的同學啊。喂，班長，你沒事吧？」

出現的是玉置，看來他剛才待在生物科準備室裡，和生物教室只有一門之隔。我們剛才說的話都被他聽到了嗎……我藏起內心的焦急，毫無情緒地說：「老師，你在裡面啊。」

「對啊，我是生物老師嘛。」

「老師，你手上拿的是什麼？」

浩一問道。他看起來不像是想轉移話題，而是真心好奇。玉置手上的燒瓶裡有東西在動，他把燒瓶舉高了一點，答道：「青鱂魚。」

「青鱂魚啊，好可愛～」

老師對看個不停的浩一說：「這是要拿來餵小呆的喔。」小呆是一隻養在生物教室裡的墨西哥鈍口螈，俗稱為六角恐龍。

「啊，是拿來餵牠的啊……原來會被吃掉……」

「你們也會吃魚吧。」

「是……我會吃魚……」

有點受到打擊的浩一靠到我身上來。玉置見狀，說了一句：「你們感情真好啊。」他應該沒有別的意思，但我稍微嚇了一跳……腦海裡浮現小河老師的臉。

發生那件事之後，玉置似乎開著自己的車帶小河去了醫院。雖然只有我們幾個學生知道狀況，但校長和主任不免完全知情。繼班長之後，我們幾個今天早上也被叫到校長室，被千叮嚀萬囑咐地說不要對外聲張這件事。

——我們很喜歡河河老師，怎麼可能說出去嘛。

橋本不滿地抱怨，鏡屋則什麼話也沒說。

「好痛……好痛痛痛……」

看到班長還在揉著自己的腰哀哀叫，玉置對他說：

「去保健室請老師幫你貼個貼布吧。」

於是班長呻吟著走出去。

「所以，你們說的活著的死人是什麼？」

玉置看著我說。果然被他聽見了啊，我在心裡咂舌，但還是裝傻地回答他：「啊啊，我們在聊電影。」

「是殭屍電影。那種殭屍明明已經死了，卻還會動吧？」

「呼嗯，殭屍啊。」

「那種事有可能發生嗎？」

玉置聽到我的問題，答道：「死了就不會動了啊，至少人不會。」

「那麼說來，殭屍其實沒有死嗎？」

這次換浩一提問。玉置一邊餵小呆吃青鱂魚，一邊說：

「如果要討論這個，首先必須確立生跟死的定義。」

他給出很像生物老師的答案。

「青海，你一定知道吧？這個世界上有不會死的生物。」

我回答「我知道」，浩一便發出「唔咦！」的奇怪聲音。

「有不老不死的東西？那種東西真的存在嗎？」

「浩一，不是你想的那樣。比方說，細菌之類的單細胞生物會自我複製，增加數量吧？因為是複製出來的，所以會跟原本的細菌完全相同。那麼只要在細菌能持續增生的環境下，就遺傳的角度來說，就是不會死。」

「………嗯嗯？」

看到浩一歪著頭，玉置微微一笑，說道：「山田，我上課時有教過喔。」

「青海真了不起。沒錯，假設我們把『活著』這件事情定義為『以完全相同的遺傳因子持續存活』的話，只要能不斷自我複製，細菌就不會死亡。如果說殭屍的體內其實是有新型的細菌寄生在其中，那種細菌增生會驅使殭屍動起來……這樣的話，我們也可以說殭屍是活著的。」

「……老師……你說的那種好噁心……一般的殭屍還好一點……」

「的確。一般的殭屍或是正常地死去會比較好呢。」

正常地死去——現在的我對這句話實在無法釋懷。

彎著腰的玉置老師餵完鈍口螈便挺直上半身，然後再次看著我們說：

「昨天謝謝你們。」

他聲調毫無波瀾地說。

「我覺得為了跟你們道謝而把你們找來辦公室也不太對……所以這麼晚才說。當時要是沒有山田，事情可能會演變成最糟的狀況。謝謝你啊。」

現在才說真的太晚了。我如此心想，但浩一似乎完全不在意地回應：「不會啦，河河老師沒有受傷真是太好了。」

「我聽校長說，老師要住院一陣子，希望他可以早日出院～」

「是啊，不過他應該不會回學校了。」

「咦？是嗎？」

「因為我們的事情被大家知道了啊。」

這次換我發出一聲「咦」，隨後他看著我們說：「也不能說是被發現了。」

「我……跟校長說明過事情的原委之後，他希望我們其中一方自請離職。我原本打算辭職，但雅彥說他想離開。」

不是小河老師，而是雅彥。玉置老師這麼稱呼他，這代表他已經不打算對我們多做隱瞞了吧。

「他好像想去其他地方重新來過。」

「……他還想重新來過就好。」

我說完後，老師只回了一句「是啊」。水族箱裡的小呆津津有味地吃著青鱂魚，看來牠很喜歡。

「……我出於好奇，有件事想問老師，你不回答也沒關係。」

面對我的提問，玉置老師一派輕鬆地回問：「什麼事？」依舊是個難以捉摸的男人。

「小河老師會那樣想不開，是玉置老師造成的吧？」

「對。」

他回答得非常直截了當。「小滿……」浩一在一旁拉著我的袖子，像是在說「不要問這件事」。不過我還來不及繼續追問……

「因為我甩了雅彥。」

就得到了補充說明。果然是這樣啊，我心想。

「這個問題也不一定要回答，但你為什麼要跟他分手？小河老師明明是溫柔的好人。」

「你說的一點也沒錯，正因為他是個溫柔的好人，我才希望他趕快找到別的對象，而不是跟我在一起。」

「簡單來說，就是玉置老師厭倦小河老師了嗎？」

「沒有啊，我現在還是愛著雅彥喔。」

他的回答令我慌了手腳，因為我第一次在連續劇或電影以外的地方……從自己熟識的大人口中聽見「愛」這種話。

「我很愛他，但不是最愛。即使如此，我還是希望雅彥能幸福，所以才會跟他提了分手……我現在很後悔太晚跟他說了。雖然聽起來很像強詞奪理，但我並不想傷害他。」

此刻的玉置，不是平常輕浮隨便、自得其樂，甚至莫名自豪的樣子。我看得出來他現在很誠懇地坦白，但我的感受還是會不禁偏向班導小河老師那邊。

「是，聽起來就是在強詞奪理。」

我忍不住這麼說。

「我想也是。」

「因為你明明心裡有一個最愛的人，卻還是跟小河老師交往吧？」

「對。」

玉置老師梳起略長的瀏海，認真地對上我的目光。

「我最愛的人已經去世了。」

我說不出話來，只能望著玉置老師。老師臉上沒有生氣的樣子，也沒有悲傷的模樣，只是平淡地敘述一個事實。

「……這件事，小河老師他……」

「他早就知道啦。」

「…………」

「從學生時期算起來，明明已經快過二十年了——但直到現在，我偶爾還是會尋找他的身影，可笑至極。」

不要再說了。

我不想聽這種事情。我不是想問這種事。

這樣很奇怪吧？不合理吧？

家人死去、情人死去、重要的人死去……這不是隨處可見的事吧？雖然在小說、漫畫或連續劇之類的虛構世界裡很常發生，因為可以讓劇情更加精采而被當作老套的手法，但是在現實中，在這個世界上——

然後，我忽然發現。

一點也不奇怪，非常合理。畢竟有多少人出生，就會有多少人死去，死亡十分常見。若是在醫院或是長照機構等地方工作的人，這應該是平凡無奇的光景。

只是年紀越小，遇到死亡的頻率越低……但並不是零。

我是遇上母親的死亡，玉置老師則是遭遇戀人離世——

我的手被緊緊地握住。

是浩一。

我抬頭看著站在身旁的浩一。看著那個已經沒有心跳的，我的摯愛。

他的表情很溫柔，像是在說「別擔心」般直看著我。我想，我肯定露出了害怕到不行的表情。

「那個，老師……」

浩一把視線轉向玉置後說。

玉置將雙手插進白袍口袋裡，靠到窗邊，看著浩一回應：「嗯？」

「並列第一的話不行嗎？」

「咦？並列？」

「對。呃～也就是說……老師最愛的人不行有兩個嗎？對死掉的那個人和小河老師都一樣喜歡，兩個都是最愛的，不行嗎？」

玉置露出出乎意料的神情。

我也抬頭看著浩一，心想「你在說什麼啊？」。並列第一？一樣喜歡兩個人？

「……青海，你家這位說了很奇妙的話呢。」

聽玉置這麼說，我也點頭道：「我也這麼覺得。」

就是因為只有一個才是最愛啊……假設今天浩一跟我說「我有個喜歡的人，跟喜歡小滿一樣喜歡」，我應該會超級火大。我傻眼地仰望浩一，結果他歪著頭說：「這樣啊～不行嗎～」我瞬間感到有點無力。

§

那天放學後，我們兩個再次來到我父親的醫院。

因為浩一腿上的撕裂傷裂開了。針線包裡的棉線果然不夠強韌，縫線一旦斷裂，浩一已經失去細胞再生能力的皮膚也不會自行癒合。

「我剛剛看了一下，我的肉好像已經有點乾掉了，有點像煙燻肉……」

香住醫生今天要開會，我們在診間等她的時候，浩一這樣說道。

「你的煙燻肉沒辦法拿來下酒啦。」

「小滿不是不喝酒嗎？」

「因為我是認真的高中生啊。」

我自己有意識到，我會在對話中強加一些無聊的玩笑。因為要是不這麼做，我很難保持平常的自己。有同學看不見浩一這件事讓我十分動搖，明天會怎麼樣？後天呢？明明想到以後的事就會感到害怕，卻又忍不住去想。

「……我是內科醫生，所以這方面沒有很厲害喔。」

開完會又回到診間的香住說。

然後她來回看了看浩一大腿的傷口，又看了看他的臉，眨了好幾次眼睛，之後喃喃自語地說：「果然不是在作夢……」

「醫生，這不是夢啦。就算妳是內科醫生，技術也比我好才對。麻煩妳幫他重新縫合，別讓他再裂開了。」

「應該不用麻醉……吧……？」

「啊！不用，我不看就不會痛了！」

浩一大聲說著，馬上別過頭，不看自己的傷口。然後看著我說：

「小滿，說點什麼分散我的注意力！」

竟然說出這種要求。

我心想這個要求真是來得猝不及防，同時說起之前在電視上看到的，一隻一直在等主人回來的狗狗的故事，結果卻被他打槍說：「啊，不行，這種的我會哭，換一個！」這個任性的傢伙！

當上內科醫生後，應該沒什麼機會縫合外傷，香住的動作確實特別沒把握。還看到好幾次她拿不定主意要從哪裡下針的樣子，我甚至在心裡想著「妳振作一點」。不過，這些器具果然是為人體設計的，不論她的技術如何，最後的成效都不壞，縫得很牢固。

「應該不用纏繃帶吧……啊啊，不過還是用紗布保護縫合的部位會比較好吧。呃……那拆線日期…………啊。」

是不是不用拆……她露出這種表情，目光離開了日曆。沒錯，不需要拆線，要是拆了，傷口又會裂開。

「醫生，妳剛才去開的那個會，我爸也有參加嗎？」

「會議前三十分鐘他有來，可是他說今天晚上要跟母校的教授見面，先走了。」

大概是跟醫學部教授有個美食&銀座之約吧。

那今天也讓浩一來住我家吧。雖然再這樣下去會沒完沒了，但我很擔心跟他分開。浩一準備穿上制服褲，畏畏縮縮地看著縫合的部分。他大概覺得縫得比我還要好吧。

回去之後纏個繃帶吧。就在我想這樣跟他說的時候。

「香住醫師，妳在嗎？」

一道清亮的聲音傳來，一位護理師走進診間。浩一的褲子還穿到一半，驚恐地抬起頭，我和香住則是僵在原地。浩一腿上的傷痕裸露在外。看診時間外的診療、內科醫生執行的縫合，甚至連繃帶都沒有包……這種狀況在護理師眼裡肯定很可疑。

「醫師，我有點事情想跟妳討論……啊，抱歉，妳還有病人嗎？」

但是……

「啊，那個，是院長先生的兒子……」

「啊，是滿吧？晚安，我是門診的護理長，名叫田代。平時承蒙院長的關照了。」

但是，那個年約五十幾歲，沉穩幹練的護理師——沒有看向浩一。

「我父親才是……承蒙您的關照了。」

我說著老套的客套話，聲音卻有些走調。

浩一坐著的那張病床，毫無疑問就在護理師的視野範圍內，但她不是看著浩一，而是看著那些使用過的縫合針和持針器……

「哎呀，哪裡受傷了嗎？要不要幫你找外科醫生過來？」

然後這麼說道。

「不用，已經不需要了。沒關係……那個，田代護理長。」

「是？」

香住的表情遲疑，審慎挑選著用詞，一會後擠出一個僵硬的笑容：

「那個……妳來找我，是要說剛才會議上說的那件事嗎？」

她轉移話題了。

她應該有一瞬間差點問出口。還有另一個高中生在這裡，妳沒有看到嗎？正在穿褲子，腿部剛完成縫合的男生……妳看不到嗎？

「對，其實妳剛才繳交的資料有缺漏……我們得在護理部主任提出糾正之前改好。可以請妳等一下到一樓的值班室嗎？」

「我知道了，我馬上就過去。」

護理師微笑著說「真是幫了大忙」，然後看著我說「打擾了～」，隨後就走出診間。

她的目光不曾看向浩一。

浩一笑著說「哈哈，嚇死我了～」，開始繼續穿衣服。香住也不發一語地看著我。

從我體內有股強烈的情緒倏地膨脹。

那是怒氣。

我好想大喊：為什麼無視浩一？

好好看看他，好好注意他啊！明明浩一就在這裡，千真萬確地存在在這裡，為什麼，為什麼都不看他一眼！

我怒火中燒，無法控制自己，往診間辦公桌的桌腳狠踹了一下。鐵桌發出喀鏘的聲音，我的腳也很痛，但是我憤怒到毫不在意。我可能是第一次氣到全身發抖。

「小滿。」

浩一輕聲呼喚我，我看向他。

浩一的臉上帶著為難的笑。他整理好身上的衣著，從病床上慢慢站起來說：「走吧。」

浩一的大手撫摸著我的背，我顫抖的身體逐漸平復下來。接著我突然好想哭，不得不盡全力忍住。我就像個白痴，被無視的明明不是我，而是浩一……我就像個白痴。

「走吧。」

他再一次溫柔地對我說，我點了點頭，拿起書包。我沒有去看香住的表情，只點了一下頭。

「滿……」

我轉身背對她的時候，她叫住我。

「……雖然不知道該不該告訴你，但我還是要先跟你說。」

我在門口停下來，但沒有回頭。

「今天浩一他……在我眼裡有時候會變透明。可是你跟他說話的時候，就可以看得很清楚……感覺有點不穩定……」

這是……什麼意思？

浩一，你變成透明的了……就像幽靈一樣呢。

這種玩笑話，我說不出口。我毫不回應，和浩一一起走出診間，香住也沒有再說任何一句話。

我們回到一樓，走在門診的走道上，我緊握住浩一的手。今天的掛號已經截止了，但還有三三兩兩的患者在等著批價，等候區都是下班回家途中順道過來的上班族跟粉領族，也有人戴著口罩。應該是最近很流行感冒吧。

這裡的每一個人，都不認識浩一。

所以，他們大概都看不見浩一。

那我現在看起來是什麼模樣？和浩一牽著手的我是什麼樣子？我這隻手的另一邊是什麼樣子？有一個要去廁所的中年男子從我旁邊經過，他靠得非常近，差一點就要撞到浩一了，卻一臉若無其事地吸著鼻子走過去。

「……可惡。」

「小滿，我沒事，真的還好。」

「什麼叫還好啊……這樣一點都不好。」

沒事啦，浩一重複道。

「小滿你能看到我就好，這樣就夠了。」

他輕聲溫柔地說著。

我抬頭看著浩一的臉。在那張一如往常的穩重笑容中，摻著一點羞赧。

「還有人能清楚地看到我啊，像班長跟橋本。剛才那位香住醫生雖然說我有點透明，但還是幫我把傷口縫好了……她應該很害怕吧，手有點發抖。」

「…………」

但是那也是遲早的事吧？

比如明天去學校……是不是又會有幾個人看不見浩一了？到了後天，再多幾個人，那麼三天後呢？一個星期後呢？

是這樣啊。

死亡就是不會再被人注意到……也就是會被人遺忘嗎？

這樣不是很過分嗎？被裝進棺材裡燒個精光，化為灰燼後被刻在墓碑上，要是什麼都不知道的話是無所謂……但是浩一明明還好好地在這裡啊。

我的意志還是很消沉，正當浩一想跟我說些什麼的時候，醫院的急診入口突然吵鬧起來。

醫護人員用破風的速度推著擔架床，直衝過走廊。

救護車送來的是一名大肚子的女性，護理師們喊著「撐住，加油」。

「啊啊，對耶……」

浩一目送擔架上的孕婦被推進去，小聲說道。

「醫院……也是人們出生的地方呢。」

「也要有婦產科才行……以前這間醫院也沒有婦產科就是了。」

「是嗎？」

我們來到外頭，寒冷的風吹過。太陽一下山，氣溫就會一口氣下降，我不禁縮起身子，浩一則是完全沒有感覺。

「那是我爸是在幾年前開設的。因為婦產科醫生越來越少，當時尋找主治醫生據說費了不少工夫……說到這個，你媽媽會在哪個醫院生啊？」

「在我家附近的私人醫院啊。小渚和小湊也是在那邊出生的。」

「那你呢？」

「我是在別的地方……嗚喔！」

在正門口附近，浩一差點和別人相撞。準確來說，是我差點被人撞到，浩一用身體護住了我。我的心臟漏了一拍，拜託別做這種事啦，畢竟現在反倒是浩一比我還不堪一擊。

「對、對不起！」

道歉的是差點撞上來的中年男性。他為了閃避我們而絆到自己的腳，摔了一跤。浩一問道：「你沒事吧？」向他伸出了手。

「啊，謝謝你，真的很抱歉，我、我趕著去……」

對方抬起頭，然後僵住。

他依然跌坐在地，盯著浩一的臉。然後又抬頭看向我，眼睛瞪得更大了。他張開嘴巴，想說些什麼卻發不出聲音。

我也差不多。

這傢伙——就是這個男的。

「你、你、你還活著啊……」

那個男人終於開口。

浩一微微歪著頭疑惑：「嗯？我？」

男人沒有拉住浩一的手，自己搖搖晃晃地站起來：「太好了……太好了，太好了……」

他的眼眶盈滿淚水。

「你、你為什麼從那裡消失了……我真的，嚇得不知道要……」

「啊，你該不會是開大卡車撞到我的人？」

浩一問完後，男人不停點頭。

「我、我好像貧血昏倒了……有路人叫我，我才醒來。我記得我的車衝進行人步道，當時也有看到你，而且護欄都被撞得凹下去了……可、可是沒看到任何人……」

隨後他看著我，問道：「你、你那時候都看見了吧？」

我記得。

就是你，撞上了浩一。

就是你，殺死了浩一。

「沒錯，你就是當時跟他在一起的男孩吧……？我暈倒時撞到頭了，那時的記憶好像有點混亂……」

究竟是撞到頭的關係，還是你的腦袋拒絕認為那個畫面是現實？

浩一就在這個男人的眼前，把自己的頭扳回了原位，手法強硬。

「之後警察也有來，他們為了保險起見把我送到醫院，我也跟警察說了你們的事……但他們說那裡沒人……根本沒有什麼被害者。」

因為我們立刻離開現場了。

我不想讓任何人看見當時那個狀態的浩一……尤其是警察或是醫護人員。我一心只想著這件事，所以那個時候才有辦法忘記，才有辦法不去想我對這個男人的憤怒。

「我曾想過會不會是被送到其他醫院了，但查了一下後發現，沒有出車禍的高中生……就連警察也不把我當一回事，認為我是撞到頭，出現幻覺了……但我實在很擔心，很想知道你後來怎麼樣了…………啊啊，太好了……能見到你真是太好了……」

「哇啊！大叔，你振作點。」

男人雙腿一軟，跪了下去，而浩一扶住了他。

這傢伙在高興什麼？

你眼前的浩一是個死人喔，你撞到的高中生已經死……死了…………

不對。

浩一還活著。雖然是死人，但是還活著，所以我才沒有把這傢伙交給警察，這個害浩一遇到這種慘事的傢伙。

「可、可是你果然有哪裡受傷了對不對？所以才會來醫院……」

「啊，呃……我沒事。真的，你看，我還這麼有精神。倒是大叔，你怎麼會來醫院？而且好像很急的樣子。」

「是我媽媽……她已經住院很久了，我接到情況危急的通知。那個時候也是這樣，所以才會一時開那麼快……然後又下雪，輪胎打滑……」

「你媽媽？那你趕快去吧！」

「啊，對了，那個抱歉，可不可以請你等我一下？就在結帳櫃臺前等我……我也要跟警察他們重新說明一下那場車禍……」

「我知道了。好了，你快去。」

聽到浩一的話，男子頻頻回頭，並在走廊上快步離去。他瞄了一眼電梯之後，大概決定要走樓梯，又往更裡面走。

「哇～嚇死我了。小滿，我們趁現在閃人吧。」

浩一邁開腳步準備離開，我向他問道：

「……你……都不覺得生氣嗎？」

「咦？」

「他是撞到你的人耶。」

「啊，嗯，說得也是……等等，讓我想想。」

浩一站在原地，微微歪著身子開始思考。這是浩一的習慣動作，沉思時，身體會稍微向一側傾斜，我每次看他這樣，都覺得這個樣子很奇怪。

「……………嗯，我認真想了一下，我是不是……可以生氣啊？」

「不用認真想也知道吧。」

「可是我有點生氣不起來，為什麼會這樣？」

「…………」

「是因為小滿很生氣嗎？大概是你連我的份一起氣掉了，我才可以這麼平靜吧～」

「……啊？」

「你現在的表情超恐怖的喔。」

他笑著說，往我的臉頰捏了一把。「不要弄啦。」我揮開他的手，結果他又繞到我背後，用力抱住我。

然後他從後面推著我說：「走吧，回去吧。」

「……不要推我啦。」

「我們趕快回家吧。今天可以住你家吧？小滿家的電視很大，超讚的，我們來看電影怎麼樣？安潔莉娜裘莉演的那部，現在是不是還租不到啊？」

被他巨大的身軀推著，我不得不往前走。

「……如果……把那傢伙……」

殺掉的話……我的聲音乾啞，消融在空氣中。

「咦？」

「……要是可以讓剛才那個大叔心跳停止，換成你的心臟開始跳動就好了。如果這個理論成立的話，我……」

就算不擇手段，都會那麼做。

就算你阻止我、對我生氣，我都會去做。會忍不住這麼做。

「真是的～小滿，你不要說那麼可怕的話啦。」

浩一的膝蓋不停把我向前頂，我不得不往前走。在旁人的眼中看來，就是兩個白痴高中生在醫院前面胡鬧，我還以為被人看到了一定會過來制止我們，但沒有發生這種事。不僅沒有……

「同學，你還好嗎？身體不舒服嗎？」

甚至還有人擔心地對我關懷道。那身制服……是醫院的保全。於是我才發現，這個人看不見浩一。

他眼裡看到的，只有走路搖搖晃晃的我一個人。

我勉強吐出一個回答：「我沒事」。

我擺脫身上的浩一自己走。我加快了腳步，走進停車場的暗處時，我心裡的某些東西超過了負荷。

我自己也隱約感覺到了。

我知道自己也差不多到極限了吧。像這樣裝作沒事、裝作一如往常、裝作自己可以淡然處之、裝做自己可以壓抑住不安的心情。

因為我一旦崩潰，浩一會比我更崩潰。

我一旦感到不安，浩一會比我更不安。

然而我現在所想的這些，浩一也一定早就……不，是打從一開始就心知肚明，只是裝作不知道而已。

嗚咽從我的喉嚨深處流瀉而出。

我再也忍不住，眼淚流了出來。浩一馬上就追上了我，這次他從我的前方緊緊地抱住了我。

我實在無法壓抑丟臉的啜泣聲。

哭是一件很難的事情，我很不擅長。我自己都覺得我哭起來超級難看。我抓不到換氣的時間點，時不時還會抽抽噎噎的。

我知道經過的路人都嚇到了。還好這裡是醫院的停車場，不然有人報警都不奇怪。

「對不起。」

浩一輕柔地撫摸著我的後背，說著：

「對不起啊，小滿。」

為什麼是你跟我道歉啊，笨蛋……我這麼想著，回憶起那個夏天。

只有我們兩人的露營。

大雨滂沱的夜晚。

泡麵的滋味。

那個時候的浩一也是拚命道歉，我因此對他生氣，而現在……

二月的晚風讓臉上的淚痕瞬間冷卻。我的臉頰快被凍僵了，浩一的臉則貼上來，把他的體溫分給了我。

§

腦袋轟隆作響。

不知道是因為在停車場哭了很久，還是身心都萬分疲憊的關係——原本就快要感冒的我，真的感冒了。

和浩一一起回到家的時候，背上已經竄起了一股寒意，明明覺得全身非常冷，卻只有脖子以上燙得不得了，是很熟悉的症狀。

「嗚哇！小滿，你都燒到三十八點四了……怎、怎麼辦？是不是該叫救護車……」

浩一誇張地大喊，反覆看了溫度計好幾次。

「傻瓜……這種小事叫什麼救護車……我本來就很容易發燒……」

「很難受吧？我、我該做什麼？喔，我去拿冰塊，還有藥之類的……」

「好了，你先冷靜一點。拿個椅子過來，坐好。」

他一臉擔憂地來回走動，我連想要安靜地睡一下都沒辦法。

浩一乖乖地聽從我的指示，把書桌前面的椅子拉過來坐下。他露出「你需要什麼就跟我說！」的表情，看著躺在床上的我，就像一隻乖巧的狗狗。

「我房間的角落有一臺加溼器對不對？」

「嗯。是那一臺對吧？」

「把裡面的儲水盒拿出來加水，之後打開開關。溼度設定幫我調高一點。然後，一樓的冷凍庫裡有冰枕，幫我包上毛巾一起帶上來。毛巾你知道在哪裡吧？」

「我從洗臉臺的櫃子上拿就好了嗎？」

「嗯。還有，幫我拿一罐瓶裝的運動飲料……我要沒冰的。放在廚房角落的紙箱裡。」

「好。然後呢？」

然後……我常吃的退燒藥已經準備好了，替換的睡衣就在房間裡，我現在也不想吃任何東西……

「……待在……邊。」

「嗯？什麼？」

這種話不要讓我重複第二遍啦。

「在旁邊陪我啦。」

看吧，再講一次就變成命令句了，而且連我自己都覺得比平常更粗魯無禮。但是浩一卻說：

「這不是當然的嗎？」

他盡全力地點點頭。你脖子那邊的骨頭現在很脆弱，還那麼用力地晃它，你都不怕頭會掉下來嗎……我無言地閉起了眼睛。

可能是因為浩一就在身邊的安心感，我感覺到自己的身體一下子進入了休息狀態。好像被切換了開關一樣，全身變得沉重遲緩、關節嘎吱作響。咳嗽也變得更加嚴重，胸口甚至有點痛。體溫似乎又要升高了。

浩一起身去執行我剛才交代的任務。我知道他那高大的身軀正努力靜悄悄地移動。我偷偷觀察著他的動靜，不久後似乎睡著了。

猛然睜開雙眼的時候，昏暗的房間中，浩一仍坐在椅子上看著我。我對上了他的目光，他擔心地問：「要喝水嗎？」

我點點頭，潤了潤燒灼的喉嚨。

「……幾點了？」

「凌晨一點。剛剛樓下有一點聲音。你爸爸好像回來了。」

「是嗎……你都沒睡嗎？」

「我不睏。」

死人……不會覺得睏嗎？但是你早上在教室裡倒是睡得很熟啊。想到這件事，我不禁稍微笑了出來，浩一因此微微笑起。不管我是因為什麼事而笑，只是我笑了，他就很開心。

浩一摸了摸我汗水溼黏的額頭，輕聲說：「我會一直在這裡陪你的。」

一直。

真的，一直都會在這裡嗎？

沒騙我吧？

「沒騙你啦。」

我以為自己是在心裡自言自語，但可能不小心說出口了，浩一如此回答我。不知道是不是因為發燒、神智不清的關係，好像不覺得那麼丟臉了，反而很開心。他會一直一直陪在我身邊。

「我永遠都會陪在小滿身邊的喔……永遠永遠。」

嗯。謝謝你，浩一。

……至於有沒有好好地把感謝的話說出口，我沒有印象了。浩一冰涼的手貼在我的額頭上，好舒服，讓我再度沉沉睡去。到隔天早上以前，雖然睡得不太安穩，醒來好幾次，但每一次浩一都醒著，專注地看著我。看到這個畫面我就會放下心來，再次閉上眼睛。

天亮的時候，浩一不在房間裡。

樓下傳來聲響。我下樓一看，爸爸的身影出現在廚房。浩一跑去哪裡了？

「……發燒了？」

一看見我，他馬上這麼問。果然是當醫生的。

「發燒了，昨天晚上量是三八點四。有吃普拿疼了，剛才量是三七點六。」

「還沒有完全退燒啊……讓我聽一下你的胸腔。」

他拿出聽診器，放上我單薄的胸膛。

「……外科醫生也會這個嗎？」

「如果雜音很明顯就聽得出來……聽起來沒什麼問題，不過你的呼吸道不是很好。」

嗯，大概是遺傳吧。

媽媽也是因為呼吸系統的疾病去世的。

「你今天請假休息吧。」

「我也這麼想……給我一根香蕉。」

我坐在餐桌旁的椅子上說完，爸爸從身旁的水果籃裡拿了一根香蕉給我，然後又從冰箱拿出優格，再拿來湯匙，一起擺到我面前。

「還吃得下就好。」

「嗯。」

「你自己要照顧身體啊。雖然大家都說醫生不懂得養生，但醫生的家人們也很容易輕忽疾病。」

爸爸喝著他的咖啡說道。他已經繫好領帶、穿好了西裝，鬍子也刮得乾乾淨淨。昨天半夜回到家，明明只睡了幾個小時而已，真是健壯的人。

「院長大人，請給我一吃就好的感冒藥。」

「要是我找到了那種藥，早就得諾貝爾獎了……滿，昨天晚上有人來家裡嗎？」

爸爸問，我便回答：「浩一有來。」

「因為我身體不舒服，所以他送我回來。」

我以為他會對浩一的事說點什麼，但他只回了句：「這樣啊。」接著爸爸提起公事包：

「我今天會早點回來。如果症狀急速……我是說很不舒服的話，馬上打電話給我。」

說完，他又出門了。我懂的，如果症狀急速惡化，我會打電話的。

父親一離開，浩一就突然出現了。他隨口說著：

「小滿的爸爸好酷喔～」

然後坐到正在吃香蕉的我面前，露出微笑。

那一天，浩一也沒去學校。

我的體溫還在三十七度後段徘徊，身體實在擺脫不了強烈的倦怠感。一整天都窩在床上睡得天昏地暗，令人不敢置信。

浩一可以說是寸步不離，除了去上廁所，真的一直在我身邊。

有時候，他會像想起什麼似的偷親我。親親眼皮、親親臉頰、親親嘴、親每一個地方。意識朦朧中，雖然有想起我還在感冒，但應該不會傳染給死人，所以我就乾脆默默享受。

迷迷糊糊中收到的那些溫柔親吻，完全不會讓人聯想到性。大概就像母親或是父親給小嬰兒的那種親吻。我還是小嬰兒的時候，也有被這樣親過嗎？被那個眼裡只有工作的父親？還是臥病在床依舊嚴厲的母親？

我繼續睡個不停，但還是沒有完全退燒。

我從小就很常發燒，所以自己不覺得有什麼特別。浩一雖然很擔心我，但是總不能讓他連兩個晚上都在這裡照顧我。

「浩一，你今天回你家吧。」

「可是……」

「我已經沒有發高燒了，我爸也說會早點回來，所以不用擔心。好啦好啦，趕快回去吧，不然你可能會錯過弟弟或妹妹出生的時候。」

「還早啦……」

「那也一樣，回去啦。」

我的語氣稍微強硬了一點，他才不情願地慢慢走出我家。浩一回家之後，我意識到我們兩個人上一次分開是很久以前的事了。

爸爸沒有食言，比平時早回來。

我的體溫已經降到三七點二，食慾也逐漸恢復，吃掉了一整碗蛋花烏龍麵，只剩下咳嗽了。爸爸說為了保險起見，再請假一天吧。我想起明天有體育課，現在跑操場會要了我的命，再加上最近天氣這麼冷，蹲在體育館的角落看大家上課更討厭，這次就聽爸爸的話吧。

當天晚上我做了個奇妙的夢，真的非常怪的夢。

我夢到全家人在我家的餐桌上一起吃飯。我坐在父親旁邊，對面是過世的母親和浩一。所有人都穿得很正式，男生們穿著燕尾服，母親穿著晚禮服，盛裝打扮的母親非常美麗。

桌上擺著豪華的高級料理，像爐烤牛肉的肉品、五彩繽紛的開胃小點、圓形的大蛋糕、切得精美的水果……但是，母親和浩一面前的盤子裡，不知為何放著堆如山高的脫脂棉。

（那種東西不能吃吧？）

我問。

在夢裡，我莫名發不出聲音。但就算沒有出聲，還是能夠對話。

（浩一，你吃那個沒辦法填飽肚子吧？來，我的分你一半。）

我想要把烤得恰到好處的肉分給浩一，卻被父親制止了。為什麼不行啊？我抗議道，而父親對我說：

（這個是給你吃的。）

（桌上不是還有很多嗎？）

（不行。死掉的動物的肉，只能給活著的動物吃。）

（爸，你這麼說會令人失去食慾啦。雖然這確實是死掉的牛肉，但是醫生真的太不體貼了。）

我一邊抱怨一邊切下烤牛肉時，那塊肉發出「哞～」的叫聲。夢中的我毫不在意大口大口地吃著，同時，浩一和母親也開始吃起脫脂棉，而且兩人都微笑著，吃得津津有味。喔，該不會那個是棉花糖吧……我心想。

軟綿綿、甜滋滋，是廟會祭典上會出現的點心。

在我還很小的時候，母親告訴我，那是用雲和砂糖做成的。以我母親的形象而言，很少會說出這種夢幻的形容詞。可能正因為如此，我記得特別清楚。

我也想吃那個棉花糖。

你分我一點嘛。我對浩一說。結果他有點傷腦筋地偏著頭。

（又不會怎樣，你還有那麼多。）

我沒有得到他的同意，還是貪婪地把手伸過去。結果浩一和母親倏地向後退，餐桌瞬間延展，拉長了三十公分左右。

我嚇了一跳，從椅子上站起來，把手伸得更長。但桌子再度拉長，兩人離得更遠了，這張桌子簡直像是橡膠做的。

太奇怪了！我看向身旁想求助，父親正專心致志地切著另一道肉類料理。好像是嫩煎豬排，它發出了「嘰——嘰——」的豬叫聲。聲音聽起來像是小豬，我的胸口傳來一陣痛楚。

一個不留神，浩一和母親已經移動到很遠很遠的地方了。

餐桌好像伸長了幾十公尺。雖然很遠，但我看得見他們還在大口吃著棉花糖。不論怎麼吃，兩人盤子裡的棉花糖都沒有減少，甚至不斷長出來。

最後，他們兩人拉開椅子，站起身。

母親看著天空，指著雲層間的縫隙，有光線照射下來。

不知何時，我們來到一片空曠遼闊的草原。餐桌擺在長得非常高的青草中，每當風吹過，柔軟的青草就會像海浪一樣擺動。

啪沙！一道聲音傳來。

浩一的背上長出了翅膀，母親也一樣，是潔白無瑕的天使翅膀。接著兩人緩緩飛上天，我只能遙望著他們遠去。

啊啊，是這麼一回事啊。我心想。

因為他們都已經死了，繼續留在地面上才奇怪。

（滿，吃肉。）

父親手上的餐具鏗鏘舞動著，對我說：

（因為你還活著，所以要吃東西。）

我沒有回話，只是繼續看著天空。

母親已經飛到很高的地方了，而浩一，我還能勉強看到他的表情，就像往常一樣平靜沉穩。從雲層縫隙中照射下來的光芒，形成兩人前進的道路。儘管這幅景象如宗教聖畫般美麗，我仍忍不住感到悲傷。我也想吃棉花糖，我也想和浩一一起走，我不想吃肉啊。

浩一看見我，對我笑了，還對我揮了揮手。

……你這個騙子，明明說過會一直陪在我身邊。

我感覺到有什麼東西滑過臉頰，於是醒了過來。

是淚水。我大吃一驚，因為這是我第一次哭著醒來。從前天開始，我的淚腺似乎就變得異常脆弱，眼淚不停流下來，我急忙用手掌抹掉。

我擤了擤鼻涕，想到必須去洗把臉便走到一樓。我覺得身體比昨天輕鬆了一點，發現燒已經退了。

……為什麼會做那樣的夢呢？

一定是因為浩一暫時離開了我。這幾天，他一直跟我在一起……浩一變成屍體的那天是星期一早上……而今天是……呃，星期五？

竟然才星期五？我嚇壞了。我以為已經過了好長一段時間。

此時的我不免睡意全消，看著電視，無所事事地度過這天。白天的時候，幫傭阿姨來了，她幫我換掉吸滿汗水的床單，為我煮了美味的粥。幫傭阿姨差不多三點多離開，我猜學校也差不多放學了。就在此時，玄關的門鈴響了。

是浩一，終於可以見到浩一了。

我身上穿著睡衣，只罩上一件針織毛衣就往門口衝去。

§

「嗯，你家很棒。」

鏡屋壽美子坐在我家客廳的沙發上，波瀾不驚地說道。

「是很大，但已經很老舊了。」

「你家很棒啊，維持得很乾淨。你爸爸的職業應該很容易帶各種東西回來才對……不過現在看起來，比較壞的那種應該會待不下去，直接逃走。」

啊啊，是因為這樣才說我家很棒啊。至於爸爸有沒有帶什麼東西回來，我是沒有感覺到過，他本人則是鐵石心腸的現實主義者，是就算剛動完腹部手術，也能吃下生雞肝的那種男人。不過他如果不是這樣的人，就不會當外科醫生了。

「喝紅茶可以嗎？」

「可以，我還想加牛奶。」

我對鏡屋的回答報以微笑，拿出茶葉罐。我原本以為是浩一，結果來訪的是鏡屋，似乎是來探望我的。

在我們到客廳坐定之前，她說想看看我家的狀況，於是我粗略地帶她看了一圈。有時候她會盯著空蕩蕩的樓梯角落看，然後小聲說著「這個無害」之類的話，但我決定當作沒聽見。

鏡屋坐在沙發上，我端出她想喝的奶茶。我還是換上了家居服，因為還在咳嗽，所以戴著口罩。

「那是……什麼？」

我看見矮桌上放了幾張白色的小紙片。紙片裁切成人的形狀，看來是鏡屋帶來的。

「紙人形。我本來想拿來除穢，但好像不需要。」

「廚會？」

「就是把惡鬼之類的髒東西移到這張紙上，讓它當你的替身。」

「咦？我身上有髒東西嗎？」

鏡屋兩手端著茶杯吹涼並答道：

「不，不是指青海同學，是預防你家如果有不好的東西而準備的，因為偶爾會有風水、土地那一類的原因，導致某些東西附著在家中的案例。雖然有人就算家裡附著了什麼也不會有事，這種情況下也可以不用理會……但總之，你家意外地乾淨。」

「你說很乾淨……可是，我很常在這個家裡看到我媽的幽靈耶，雖然是很小的時候看到的……呃，不過大概是夢到的吧。」

「這我就不知道了，死者對自己的家有所留戀也很常見。再說，你媽媽也不是什麼壞幽靈吧……不過，她現在已經不在了。」

鏡屋往四周環視了一圈後說道。

「已經不在了嗎？」

「嗯，她已經回去了。」

「回去哪裡？」

「森羅萬象，宇宙萬物。」

她說了個只有在漢字考試中會看到的詞，我無言以對。

要不是親眼見過像浩一這樣的存在，我也不會在這邊跟鏡屋聊這些怪力亂神的話題。我的現實主義遺傳自我爸，什麼神社、佛寺還是教會，我都不感興趣，反倒覺得他們有點可疑。

可是現在，我沒辦法否定那些超越人類常識、無法理解的存在。

畢竟死人能微笑著跟我說話、叫我「小滿」，還可以接吻，我沒辦法不承認這種存在。雖然我不知道這個奇蹟是來自於神明還是佛祖，還是其他什麼，但我知道是因為某種無法言說的事物，浩一才得以存在。

「鏡屋，妳從小就……那個……看得見各種東西嗎？」

「小時候反而比較能看見，現在能看見的還不到以前的一半。」

「像妳這樣，生活不會很辛苦嗎？」

「看得見大家都看不見的東西是不會造成什麼困擾，但是，身邊有人知道我看得見之後會大驚小怪，還滿煩的。」

「這樣啊……我想我有點能理解，真是辛苦妳了。」

吹涼老半天的鏡屋終於啜了一口奶茶，結果皺起臉，說著「好燙」。她好像很怕燙。

「青海同學才辛苦了。燒退了嗎？」

「今天早上就差不多回到平常的體溫了。我的喉嚨本來就很弱，所以還在咳。」

我和她面對面坐著，一對上她的視線，就快被那雙眼睛吸進去了。

鏡屋不算特別漂亮的美女，橋本化起妝來就比她精緻許多。但是鏡屋的眼神非同小可，比一般的日本人更深邃，更幽遠……套個古典的形容詞，就是射干花種子的顏色。大大的黑眼珠也很與眾不同，似乎被她盯著就會無法動彈。鏡屋用那雙眼睛靜靜地凝視著我，說：

「山田同學今天早退喔。」

咦？我大吃一驚。

「第二堂課上到一半，他就走了。」

「為什麼？」

「青海，你應該知道為什麼吧？」

我怎麼會知道……要是我能這樣回答，該有多好。

我一下靠上抱枕，問道：「……已經、很多人了……嗎？」

鏡屋默默地點頭：

「班上有一大半的同學都看不到山田了。」

她如此說道。什麼……也太快了。幾天前，看得到他的同學不是還很多啊？

「山田離開教室的時候，最多有五、六個人看著他走出去。」

五、六個人？只有這樣？

「不、會吧……？」

「我知道這對你打擊很大。但是青海同學，這種事勢必會發生，光是死者還停留在陽間就很不合理了，還要看得見就更加不可能。」

「可是，浩一還實際存在著啊，還摸得到他……他明明就在那裡，看不見才奇怪吧？」

不是這樣的。鏡屋輕聲說：

「存在的東西、在我們身邊的東西，並不是全部都能看見。人類的視覺能夠辨識的存在反而是少數，只是我們平常都忘了這一點。」

「可是我看得到浩一，我看得很清楚。」

我看得到、感覺得到、觸碰得到他……甚至能吻他。

我看得見，為什麼其他人看不見？除了我之外，有很多同學和浩一感情很好吧？班上光是隸屬籃球社的人就有多少了？他們不是每天都跟浩一一起練球嗎？還一起去過合宿露營。

明明這麼親近，卻都看不到他了……

「那樣……太……太無情了吧？」

在大半數人都看不見浩一的教室裡，在自己的存在被無視的教室裡——

一個人坐在被當作空位的座位上，浩一心裡到底會怎麼想？

早知道就不讓他回去了。

早知道會變成這樣，就不該讓他去學校的。

「……感覺就像自己遇到了這種事，很難過對吧？」

鏡屋細聲說道。接著，她對桌上的人形紙片吹了一口氣。約莫手掌大小的紙人形在茶几上翩然站起。它的動作就像有著生命，讓我十分驚訝……但紙人形旋即軟趴趴地倒下來，像是耗盡了力氣。

這很正常，因為它沒有生命——它是一張紙。

「一開始山田同學以一個死人來說，太過生龍活虎，所以我還以為你會被他吃掉。」

「我會……被他吃掉……？」

「嗯，古今中外都有活人的生氣被鬼吸走的故事，更何況，當時我們都不曉得山田同學是從哪裡攝取能量的。」

「浩一沒有做過那種事。」

「當然，我之前以為他可能沒有惡意，是無意識地在攝取能量，但結果並非如此。我想，山田之所以會變成死人卻還精神奕奕——大概是因為你的期望。」

「……是因為我？」

鏡屋點點頭，喝了一口終於冷卻的奶茶，繼續說道：

「我想過了。若我站在青海同學的立場，並把橋本郁美當作山田同學……就是小郁，我獨一無二的摯友，要是小郁就在我眼前被大卡車撞飛、心臟停止跳動的話，我的大腦和心理一定不願意承認。小郁才沒有死，她絕對沒有死，她還活著！會像這樣極力否認。」

我就像她說的這樣嗎？

「會用自己都無法想像的強大力量——希望她活著，不然我會撐不下去。」

那個時候，我是這樣想的嗎？

「青海，你沒有辦法承認山田的死。不是不願意承認，而是你做不到。你的感情壓制了理智……或者是你無意識祈求的願望壓制了現實……於是山田同學站了起來，就像平常一樣跟你講話，跟你一起上學……」

浩一。

浩一，你現在在哪裡？

快回來，快點……回到我這裡來。

我能確實看到你啊，我看得很清楚。

「你很希望……日子可以像昨天一樣，什麼也沒有改變吧？」

可能被鏡屋說對了。

對我來說，浩一的屍體能夠活動、說話其實不是什麼嚴重的問題。跟完全失去浩一這個人相比，這一點小小的異常現象根本不算什麼，反而好太多了。

「因為你非常執著地如此期望，所以山田同學死了卻還是站了起來，也因為山田同學不想跟你分開的執念也非常強烈，才會發生這種超乎常理的事……可是，如果青海同學不在，他似乎就很難維持實體。」

「我不在就……就不行的意思嗎……？」

「我也是第一次遇到這種事，所以這只是我的推測。」

「鏡屋，浩一也知道這件事嗎？」

「嗯。今天他跑來問我：『小滿是不是因為我待在他身邊才會生病的？』」

是不是因為我是鬼，所以把小滿的生命力吃掉了……他擔心著這件事。

「所以我跟他道歉，告訴他那是我搞錯了。」

聽到這裡，我鬆了一口氣。浩一心裡是這麼想的嗎？

「我認為，山田同學使用的能量……應該是來自你的情緒。不是他從你身上吸取生命力，而是你自己主動傳給他，他收下了而已……可能是這樣，他才能維持身體機能、能活動、能說話。」

情緒？情感？

意思就是……淺白地說，是因為我……喜歡浩一嗎？

「這麼一想，班上大部分的同學會看不到山田同學就說得通了。青海同學不在他身邊的時候，他的身影會變得模糊不清。就連在我的眼裡，他的輪廓都變得有點朦朧。班長也說過，他有時候會覺得山田同學有點透明。」

「班長還看得見吧？」

「嗯，看得見，小郁也看得見。」

她的回答讓我稍微鬆了一口氣。

至少還有這些人，會在學校跟浩一說一句「早安」吧。

「那麼……是這個意思嗎？只要我繼續期望浩一存在、繼續待在我身邊，他就可以繼續像現在這樣存在嗎……？」

如果我沒忘記浩一。

如果我繼續凝望著他……

鏡屋以一句「應該沒辦法」，一刀斬斷了我看到的一絲光明。

「為什麼？照妳剛才所說，不就是這樣……」

「山田同學到現在都沒有腐爛就像個奇蹟。他還維持著死去時的身體狀態，也就是說只有那個空間裡的時間是停止流動的。」

時間停止流動……香住醫生也說過同樣的話。

「我完全無法想像這樣的神蹟，需要消耗多龐大的能量。遺憾的是，應該就快到極限了，最多只會留下意念……」

「只有意念會留下嗎？」

我向前傾身問：

「所謂的意念，是指心、意識這類的東西吧？就算身體不存在了，只要還有這些，浩一就永遠都能在我身邊吧？」

鏡屋微微低下視線。

畢竟她被人稱做女版青海，表情幾乎沒有什麼變化……但我可以感覺到她的遲疑，也許是那個答案十分難以啟齒。

「鏡屋。」

我催促她，她就抬起目光說：「並非不可能。」

「但是他會被關在一個封閉系統裡。」

「封閉系統……？」

「假設這個世界是在生與死的混沌中被創造出來的——而在我們生活的這個維度中，

生和死是被明確區隔開來的。如果無視這樣的規則，就等於是和活著的人們所在的這個社會切斷關聯，和死者一起被囚禁在一個封閉的地方。」

「被囚禁……」

「你也許能感知到山田，但是在周遭的人眼裡，不會覺得你是個正常人。」

「………」

「只會覺得你發瘋了。」

那一瞬間——我覺得那樣或許也很好。

捨棄一切，只選擇浩一的人生。就算被關進醫院的隔離病房裡，浩一也會在那裡，跟我在一起。

那樣不是很幸福嗎？

「但是，如果山田同學沒有跟你抱持著相同的願望，這件事就無法成真。」

「……那不就……沒辦法了嗎？」

我彎下唇角說。

我想做出苦笑的表情，但估計失敗了，因為……這種事根本不可能，這個條件太不公平了。那個溫柔體貼的浩一、我最喜歡的浩一、餵我吃螃蟹小香腸的浩一，怎麼可能希望這樣？就算我哭著求他，他一定也會說不行吧。小滿，這樣是不對的，你這樣我一點也不幸福啊。

「我不想要……浩一消失啊。」

口罩底下，我的聲音模糊不清，鏡屋則小小地「嗯」了一聲。

「我忍受不了沒有浩一的世界。」

「嗯。」

「我很喜歡他。」

「嗯……我知道，我也知道山田同學喜歡你。」

我想也是。姑且不說橋本，鏡屋不可能沒發現。我們一直沒有公開，鏡屋卻能看出來，這件事讓我十分高興。

我希望有人發現，我用盡全力地喜歡著浩一。

「失去浩一好痛苦，我會受不了的。」

「……你可以的。」

「我沒有辦法。」

「大家都會這麼覺得，但是大部分的人都能撐過去。那大概不是為了自己……而是為了已經離開的人熬過去。」

「……要怎麼熬過去？」

我看著鏡屋問道。從我的右眼流下一滴淚，浸溼了不織布口罩。鏡屋皺起眉，她的臉上難得出現這麼鮮明的表情。那是一種既悲傷又同情……還帶著一點似乎回想起什麼的神色。

「對不起，我不知道。」

她這樣回答。

#5

電話鈴聲響起。

看看時鐘，已經過了八點。鏡屋早已打道回府，浩一則還沒出現。

我知道這通電話是浩一打來的，我很肯定。不是因為來電顯示的號碼，我爸爸對醫療器材以外的機械都不感興趣，拜此所賜，我家的電話還是很老舊的機型，但我就是知道。

我拿起話筒。

「……喂？」

『…………』

沉默的背後可以聽見些微嘈雜的人群聲響。電話接通的那一刻，發出了一個獨特的嗡嗡聲，似乎是公共電話。他的手機……對了，大概差不多沒電了。

「浩一，你在哪裡？」

『……你怎麼知道是我啊，小滿？』

「你為什麼沒過來？我一直在等你耶。」

『你有沒有好一點……燒退了嗎？』

「已經退了。」

『太好了，我很擔心……抱歉。』

「你現在在哪裡？」

我一再問道，浩一卻沒有回答。他只是為了聽到我的呼吸聲……我活著的證明，而把話筒貼在耳邊。就算沒看到，我也很清楚。

你問為什麼？我就是知道啊。

只要是關於你的事情，我都會變得非常敏銳。平常不會發揮作用的天線會瞬間豎起來，察覺到許多事，像是你現在的心情非常低落，我也能輕易感受到。

浩一的背後傳來某個人的聲音。「澤田醫生，救護車到了，第二分娩室準備好了」……啊，他在醫院，這附近有接救護車的醫院……大概是爸爸（我家）的醫院。

「你為什麼在那裡？我現在過去，你不要亂跑。」

『不行啦，小滿，你都感冒了，我……』

他還沒講完，我就丟下了話筒。

我抓了件外套就衝出家門，不到十五分鐘就搭上了計程車。我有點生氣，又因為被他拋下而感到寂寞，而且一想到他今天在學校受到的打擊，我的胸口就好痛。

你去醫院做什麼？

那裡又沒有認識的人，也沒有人看得到他……他去那邊做什麼？

我來到醫院大門口。他沒有在綜合櫃檯附近，內科、外科——都沒有。剛才電話裡的背景音說了什麼？產房……那當然是婦產科了。

我跑上階梯。

浩一在二樓婦產科的候診區，落寞地坐在長椅上。他馬上就發現到我，一臉為難地站起身：「小滿……」

「你是怎麼了？懷孕了是嗎？」

「……太好了。你這麼有精神，還可以開玩笑。」

浩一雖然笑了，但是比以往還無精打采。我在浩一身旁坐下，候診室的長椅上，我們兩人之間隔著一點空隙，他卻沒有擠過來。換作平常的他，明明會擠到我身邊。

門診時間早已結束，周圍一片昏暗。

不遠處的護理站燈光明亮，幾個護理師正在忙碌。因為時常有到院待產的孕婦，因此婦產科的夜班人數眾多。

不知從哪裡傳來新生兒呱呱墜地的哭聲。

「總覺得……待在這裡很舒服。」

浩一瞇起眼，聽著那陣哭聲。

「我是之前跟小滿一起來的時候發現的。發生那場車禍之後，我的身體果然還是不對勁……可是待在小嬰兒身邊會輕鬆一點。我原本很害怕是我無意間吸走了小寶寶的生命，但鏡屋跟我說，我沒辦法做到那種事。」

「你怎麼可能做到那種事。」

說得也是……浩一笑著說。

「她說生命力不是我搶來的，而是別人給我的，給我最多的人就是小滿。」

「……嗯。」

「剛出生的小寶寶感覺噴發著生命力，像這樣源源不絕，那好像給了我活力。」

「這樣的話，你弟弟或妹妹就快要出生了，可以給你滿滿的活力了呢。」

「嗯，真想見到他，希望來得及見到一面。」

我瞪著浩一。

「什麼叫來得及？你這是什麼意思？」

「小滿，你不要生氣。」

「你自己說過會一直陪在我身邊的吧？」

「噓——」

浩一在嘴巴前豎起食指。有個年輕的護理師從護理站朝我們走過來，看到我便問說：「咦？

請問是剛才那位的家屬嗎?」我根本不知道剛才那位是哪位,但還是點點頭:「啊,是的。」

「產婦的狀況很穩定,不用擔心,她現在正在努力喔。」

「好的。」

「這裡很暗,你可以在產房附近等喔。」

護理師完全沒有看向浩一,只看著我說話。

「我……待在這裡就好。」

我回答道,她輕點了一下頭便離開了。浩一依然微笑地看著她走遠:

「看不到有時候也滿方便的呢。」

說起這種話。

「不會有人管我在哪裡,就算跑進不能進去的地方也不會被罵。」

「…………」

「可是小滿跟我說話的話,會被別人當成在自言自語,所以你要注意一點喔。」

「大概再過個兩、三天,班長和橋本他們也會看不見我吧……啊,不過,我也不覺得大家已經完全忘記我了。今天還有籃球社的人跑來我的座位旁邊說:『真是的~浩一到底要請假到什麼時候啊?』好像偶爾會有人突然想起我,以為我是請假沒來。」

聽他若無其事地說著這些,讓我好想哭,但又不想讓浩一看到我這樣的表情,只能低下頭來。

「小滿……」

浩一終於湊到我身旁。

好溫暖，真的好溫暖。是因為在婦產科的關係嗎？接收了新生兒的能量，連體溫都升高了嗎？我抬起頭，吻上浩一。那只是把嘴唇貼到他柔軟的唇上，不帶情緒的一個吻，浩一卻很開心。

「對吧，不會被別人看到偶爾也很方便。」

接下來換他主動吻我。正當我要回應他的時候……

「葛～格！」

那道喊叫聲讓浩一嚇了一跳。快速衝過來的人是小湊，接住他小小身軀的浩一困惑地「咦？咦？」了好幾聲。

「小湊，你、怎麼會在這裡……」

「哥哥，你剛才就到了嗎？真是的，你不在家，爸爸很生氣喔。」

他一臉興奮地說著，接著發現我：「啊，小滿也在！」看來沒有被他看到我們接吻。

「啊，哥哥！」

「浩一？怎麼回事，為什麼你會知道要來這裡？啊，小滿，對了，因為這裡是小滿爸爸的醫院啊……！」

小渚和浩一的爸爸也來了，而且好像自己做出了合理的解釋，但我們兩人完全在狀況外。

「咦咦，生出來了嗎？」

不知道是不是剛才一路從樓梯跑上來，小渚一張臉紅通通地問道。「啊。」我聽見她的話，這才終於明白，但浩一的臉上仍是一堆問號。

「啊，可是預產期不是還……而且媽媽也不是在這裡產檢的……」

「現在還在產房裡！」

我打斷浩一的話，大聲說道。

「是、是嗎？產房在哪裡？」

「二號產房，那個，護理師小姐！剛才送進去的山田太太的家人都到了！」

我對護理站喊道。護理師聽到後輕輕舉起手，引導大家：「這邊有家屬專用的休息室喔。」

「小滿，謝謝你。」

山田爸爸說著，牽著小渚和小湊的手進入家屬休息室。

「咦……？小滿，現在是……」

「你媽媽應該是突然要生了。不知道是出了什麼狀況，還是原先預定的私人醫院沒辦法處理……總之就是被送來這邊了。」

「………所以我媽媽她、現在正在生產嗎！」

看到浩一終於理解過來，我回道：「沒錯。」然後我們也一起進入家屬休息室等待。

不可思議的是，護理師們突然看得見浩一了，還跟弟弟妹妹說：「你們有這麼大的哥哥啊～」大概是因為山田一家都到了，大家給浩一的能量多了很多。

山田爸爸坐立不安，被小渚罵了一句：「你冷靜一點啦！」我替大家端來紙杯裝的咖啡和熱可可，他就對我露出不好意思的笑容：「謝謝，麻煩你了，小滿。」

「我真的很緊張……只有這件事還是不習慣，明明都第三次了。」

「爸！你講錯了！是第四次吧！」

結果又被小渚罵了，山田爸爸露出驚覺的表情，辯解道：「啊啊，抱歉，對，爸爸是太激動了啦。」浩一微笑著看著那樣的父親。

小自己十七歲的第四個弟弟或妹妹……身為獨生子的我根本無法想像。但是，浩一一定會非常疼愛那個孩子。小渚和小湊為了想要弟弟和妹妹而吵到打起來，但是後來都因為等太久累了，在沙發上睡著了，護理師還送毛毯過來給我們。

那個新生命，在十二點多的時候發出了第一聲啼哭。

其實我們沒有聽到第一聲啼哭，是護理師過來通知我們的，總之順利生下來了。小渚和小湊還在睡，山田爸爸則對長子說：「浩一，你先過去看她們吧。」

「咦……可以嗎？」

「當然可以啊！你媽媽也說過要讓你第一個抱。啊，小滿你願意的話，可以陪他去看看嗎？」

受到這樣的邀請，我緊張得心跳加速，跟了過去。我至今都沒有來過婦產科，也是第一次看到活生生的新生兒。

「啊啊啊，浩一～小滿也來了啊，真開心～」

躺在床上的山田媽媽看起來像跑完了一趟全程馬拉松一樣疲憊，汗水淋漓，滿臉通紅，但是眼睛裡閃耀著明亮的光芒。小嬰兒就在她的身邊……好小，真的好小……嚇了我一跳。

「是女孩子。」

山田媽媽說完，山田爸爸滿臉笑容地說：「女兒啊……」

「唉，全身都快散了……果然是年紀大了吧～」

山田媽媽對房間裡的護士說：「麻煩讓我的大兒子抱抱她。」我以為通常最先抱到小孩會是爸爸，但在山田家似乎是這樣。護理師輕柔地捧起新生兒，說著「來～是妳的大哥哥喔～」把寶寶遞給浩一。

「頭跟屁股要抱好……對對，很棒喔！」

「哇……嗚哇………」

浩一戰戰兢兢但安穩地抱住妹妹。

我悄悄從他身後看去。小寶寶的眼睛不知為何腫腫的，看不出來有沒有張開。人家都說嬰兒剛生出來時長得像猴子……嗯，原來如此……我不禁覺得，沒錯，是很像猴子……但又非常可愛。

「嘿～……小傢伙……小妹妹……這個是小滿……是我的摯友，是我最重要的人……」

浩一輕聲細語地向他的妹妹介紹我。像是要做出回應一般，小寶寶的臉頰輕輕抽動。看起來熱呼呼的眼皮也顫動著，微微睜開了眼睛。那雙幾乎還看不見這個世界的眼眸眨了眨，看見了浩一。

聽說新生兒幾乎看不見東西……那是騙人的。

她真的，在看著浩一。

那一剎那，浩一發出光芒。

不對，是被亮光包圍了……？一道白光霎地……真的只在一瞬間，令人摸不著頭緒，但在我眼裡看來就是那樣。浩一也感到刺眼地瞇起眼睛。

「喔喔，眼睛已經張開了嗎？來來來，快點到爸爸這邊來。」

山田爸爸大概忍到了極限，著急地伸出雙手。

浩一把嬰兒交給爸爸，山田爸爸眼中帶淚地說：「我等妳好久了，我等妳好久了啊。」但是小寶寶好像不太滿意他抱的方式，嚶嚶地哭了起來。同時，外面傳來往這裡跑來的腳步聲。小渚和小湊都醒過來，跑來看妹妹了。

山田一家看起來好幸福。

我也摸到了小寶寶。從襁褓中伸出來的小手，小得令人無法置信——但是關節的數量和大人一樣。雖然是理所當然，但真的在近距離下看到，還是會覺得很吃驚。

我和浩一，也曾經是這樣嗎……我有點不敢置信。

不，不只是我們，只要是人類，都曾是這麼小的嬰兒。哭哭啼啼，渾身是血地被生下來……成為一個要是放在家不管，會馬上死去的無力存在，如果沒有人呵護就活不下來。

我才發現，我能活到現在，也是因為有人一路守護著我。

時間已經是深夜，山田一家的興奮之情還是沒有冷卻。

接下來我想讓他們一家人獨處，悄悄離開了病房，沒想到浩一跟過來說：「我也要走了。小滿，今天也讓我住你家吧。」

「不行，今晚你跟他們一起回家比較好吧？」

「我想跟小滿在一起。」

「可是……」

我們站在樓梯前各執一詞的時候，突然有人走了過來。

嗚哇！我心裡一驚，偏偏遇到了我爸。他一看到我的臉，劈頭就問：「你在這裡幹嘛？燒都退了嗎？」

「啊。嗯，退了。」

我點頭，想跟爸爸介紹浩一……但我猶豫了。此時此刻，他看得見浩一嗎？

「你是……山田浩一同學？」

爸爸給出了答案。他明確地對上浩一的視線，開口問道。浩一說了聲「是！」，然後立正站好：

「那個，我媽媽正在婦產科……剛才，我妹妹出生了。」

他向我爸說明道。

「那真是恭喜你們。我等一下有一臺緊急手術，明天再過去打聲招呼。滿平常也承蒙你們關照了。」

「不不不，我才受到小滿的照顧了。」

爸爸難得微笑了：「你們兩個真的感情很好呢。」

幹嘛突然說這種話？很難為情耶。

「啊啊，我要走了……現在很晚了，你們搭計程車回去吧。我大概要到明天早上了。」

留下這句話的爸爸，腳步飛快地踩著樓梯上樓。外科有一個醫生從上個月開始休產假，似乎人手很不足，遇到緊急狀況，連院長都要親自出馬。

「……嗯，小滿的爸爸果然很帥呢。」

「有嗎？」

「小滿長大以後也會跟他很像吧。」

「天曉得……我得叫計程車才行。」

我說完，浩一便緊靠到我身上。

「嗯。可以住你家嗎？」

「……你想住就住吧。」

「我想啊。那個，搞不好……已經沒多少時間了。」

我暗自擔憂的事情，被浩一親口說了出來。

「……剛才大家都看得到你吧。」

「嗯，小寶寶的力量真厲害……但我覺得，應該沒辦法撐太久了。」

「…………」

「我還是感覺得到啦，畢竟是自己的身體嘛。」

「………」

我們來到一樓，站在陰暗冷清的大廳裡。

偌大的玻璃窗外正下著雪。說起來，天氣預報有說過，深夜會開始降雪，這可能是東京在這個冬季下的最後一場雪——

「我很幸運了。正常情況下不可能會有這種額外的時間，發生車禍時都是突然離世。」

這傢伙，真的是個笨蛋。

幸運的人才不會碰上車禍呢！

「可是我還能跟小滿一起生活，還見到了我妹妹。」

下雪的夜晚看起來有點明亮。風不是很大，雪花一片一片靜悄悄地依序飄落到地面。

「接下來雖然有點老套……但小滿，我希望你過得幸福。」

要怎麼幸福？

你不在了，我要怎麼幸福？

「會不會積雪呢……」

浩一走近窗邊說道。他抬頭望著這場雪的側臉很好看，我非常喜歡浩一的這張臉，比任何人都喜歡。

「……你要住我家的話，就做好心理準備。」

我默默地說。浩一轉頭看著我「咦？」了一聲，但我從浩一身上別開目光，把話講完：

「因為我要跟你做愛，你做好心理準備。」

§

浩一。

其實我有想過。從星期一早上開始，我就一直在想。

為什麼你明明已經死了卻還會動？為什麼已經死了卻還會說話？雖然我總是對別人說什麼「他還沒死，他是一個活死人」，但我心裡早就明白浩一已經死了，但是我實在不想接受這件事——所以，那個時候，我執拗地把「某些事物」扭曲了。

對不起，還讓你配合我演出。

「……小滿，你不會覺得噁心嗎？」

「哪會。」

我知道你已經死了，可是，今晚的你特別真實，就像還活著一樣，包括你溫暖的皮膚、肌肉的彈性，還有抵在我腰間的堅硬性器。

凌晨兩點多，在我的房間裡，我們擠在一張兩個人有點擠的床上。

我們已經洗過澡，各方面都用心清理乾淨了，正全裸地窩在棉被裡。

浩一從背後抱著我。明明是我自己說「要做」的，但真的到了這種時候又害羞起來，躲在被子裡，面對牆壁等著事情發生。

「因為，我是一個死人耶……」

「如果有腐敗是很可怕，但你看起來還很新鮮，沒問題的。」

「你說得好像快過期的生魚片喔。」

「你說夠了沒有？」

「抱歉。」

浩一的唇貼上我的後頸，接著在肩膀上落下溫柔的吻，然後他吹了一口長長的氣，讓我感到搔癢。

「小滿的皮膚……摸起來好舒服。」

他的聲音聽起來像一個在跟自己最喜歡的玩偶說話的小孩。

「乳頭好小……」

身體卻做著色情的舉動。浩一的雙手在我的胸部到腹部之間遊走、撫摸，四處搗蛋。

「唔…！」

「肚臍……嗚哇，小滿的……肚臍。」

「……你在玩哪裡啦……！」

我扭過頭瞪著浩一。

「我沒有在玩，我很認真在摸你啊。」

難得他這麼激動地反駁，讓我不禁有點退縮：「是、是嗎？」

「這裡……也可以嗎？」

「咦！」

浩一的手往下移動。我明明還沒說好……他的右手伸向我到現在都沒被理會過的那個地方，像要將它包裹住一般握住。

「……唔！」

「好想一直觸碰小滿……直到我永遠不會忘記你……」

忘記我？

你有可能忘記我嗎？真過分。

……不過，唉，這也無可奈何吧。雖然常聽到「到死都不會忘記你」之類的話，但是實際上這句話也許很不負責任。因為根本沒有人知道死了之後會怎麼樣，如果是還活著的時候，那當然可以。我永遠都不會忘記，到死為止都不會忘記，可是，死了之後呢？

「……小滿……我喜歡你……」

「浩、一……啊……」

死了之後，將來從這裡消失了之後……你會去哪裡？

心裡既悲傷又難受，身體卻非常舒服，讓我好混亂，不知道自己是悲傷還是幸福。我咬上浩一環住我胸膛的左手，他的右手則極其輕柔地繼續愛撫著，令我焦急難耐，費力地忍著不主動扭腰。

「那個……」

浩一的氣息撲上我的後頸。

「什、麼……？」

「那個……因為、我是第一次……」

這我知道。反過來說，如果不是的話，我會揍你。

「……所以呢？我也是第一次啊。」

「喔喔，也、也對……嗯，太好了。所以，呃……由……我來……可以嗎……？」

這傢伙在講什麼……我有點生氣，但馬上就聽懂了。浩一想問的是角色分配的部分吧。我們知道男性伴侶之間要用什麼地方做什麼事情的知識，但關於誰要在下面這點，目前還沒有取得共識。

我下定決心翻身轉向浩一，面對面看著他。

被他看見我被情慾奪去理智的表情很難為情，但浩一也整張臉紅得要命，所以算扯平了。

「你想當哪邊？」

「……這個嘛……」

「我……應該是想被插入的那邊啦。」

我也想像過很多次跟浩一上床的場景。在我的想像中，我總是承受的那一方，雖然要對換角色也不是不行，但是以自然的欲望來說，我是偏接受的一方。

浩一的臉越來越紅，凝視著我。

「……好色……可以再說一次嗎……？」

我一把握住浩一那滾燙炙熱的東西，罵道：「笨蛋。」結果浩一「嗚！」地呻吟出聲，弓起了身體。我是不是握得太用力了？

「小滿……」

他喚著我的名字，兩人的胸膛緊貼在一起，然後交換了一個深吻。

一開始浩一非常小心翼翼，但慢慢地放鬆了下來。我也和他一樣，這個吻逐漸令人心蕩神馳。

「嗯……嗚、哼……嗚……」

我們還是一樣笨拙，找不到適合的時間點換氣。吸吮、啃咬，嘴唇感到陣陣酥麻。口腔的裡裡外外都遭到蹂躪，沾滿了溼黏的唾液，我像奔跑過後喘不過氣……感覺十分舒服。

「嗯嗯……！」

浩一的膝蓋刻意磨蹭著我的那裡，已經脹得幾乎發疼。

突然間，浩一撐起上半身。

雙唇感到空虛，我仰頭看著浩一。浩一似乎想說什麼，但終究沒有開口，將身體向下挪移。

「……咦？」

棉被被掀開，我的雙腳被往兩邊打開。我察覺到浩一的意圖，慌張起來。雖然……我也有想像過那種畫面……

「浩一，那個我還……」

「我要做。」

浩一在我的雙腿之間做好準備，直截了當地說道。雖然房裡的燈沒開，但地上的腳燈還亮著，所以還看得到。在這麼近的距離下被他看著實在很難為情，更何況……

「不、不行啦，你這樣做的話，我會……」

「不要，我想做這件事很～久了，所以我要做。」

浩一沒有退讓。我想抓著他的頭髮把他拉起來，但要是他真的就這樣抽身，那我該怎麼辦……就在我還在猶豫的時候……

「啊！」

他在我的大腿內側最深處的敏感地帶落下親吻，我不禁一顫。

他用力吸吻著，一定……會留下吻痕，會印下一個小小的，鮮紅的，浩一留在我身上的痕跡。一想到這件事，我的體內就湧上最深層的快感。該怎麼說呢……那不是單純受到刺激而出現的反射反應，而是身體和心理滿溢而出的感覺。

「讓我看看你的一切……小滿……我想要，把你的一切都吃掉。」

「……咿！」

浩一說完，將我的性器含進口中。

「……哼……嗚……嗯……」

人的口腔內竟然這麼溫暖，這麼溼潤……啊啊，不行了，我快要……快要融掉了。

浩一說他想要把我吃掉，鏡屋也說鬼會把人吃掉。

我心想：要是可以就這樣被浩一吃掉就好了。

從最脆弱的地方開始咀嚼，連骨頭都咬碎，一口一口吃個精光，那我就會進到浩一的身體裡……就可以永遠跟他在一起了。

「……浩、一……」

要不然，我來把你吃掉也可以。假如出車禍的是我，我一定也會變成一具活屍。只要我不想離開浩一，浩一也不想失去我，就會發生這種無法解釋的奇蹟吧。然後我會把你吞下肚，讓你陪我上路……

……太可笑了，完全無法想像。

我根本不可能做到那種事。

我明明喜歡你，明明勝過任何人，明明你是我的唯一。

結局一定都一樣，我會做出跟你一樣的選擇。我會慶幸，你沒有跟我一起發生車禍；我會祈禱，你從今以後也幸福地活下去，然後你會露出傷心難過的表情吧。你也會說，小滿不在了，我要怎麼幸福……

「唔、啊……」

舌頭滑過頂端最敏感的黏膜。

然後離開，再度親吻同一個地方，讓人心急又溫柔至極的吻讓我承受不了，抓住了浩一的頭髮，結果又被他深深含入，我不受控制地從喉嚨洩漏出甜膩的喘息聲。

「不、行……要射了……快放開……啊……」

「射出來。」

他說完，口腔裡突然收緊。未曾感受過的刺激讓我無法多忍一秒，連腳趾都瞬間繃緊，整個人彈了起來。浩一依然含著我，毫不膽怯地吞了下去。

「傻……瓜……很難吃吧……」

在高潮的餘韻和羞恥之中，我再次拉住浩一的頭髮。「嗯，是有點奇怪。」浩一笑著說完，一邊起身一邊低聲續道：

「但是，這也是我想做的事。」

我不知道該怎麼回應，只好伸長手臂，叫著浩一的名字，把他欺近而來的身軀緊緊抱住，催促他繼續。

接下來的那些事，說實話費了我們一番工夫。

畢竟我們兩個都是第一次，對於這方面都只有非常粗略的知識。我的那裡很害怕浩一，一直無法放鬆，要是硬來又好像會受傷。我對浩一說，就算裂開一點點也不要緊，但他堅決地說絕對不可以。這種時候的浩一特別頑固。

「……好像需要一點潤滑的東西。」

我說完，浩一便一臉恍然大悟地問說：「乳霜之類的嗎？」

「塗在手上的那種，很常看到女孩子在用的。」

「我家是有……因為我的皮膚比較脆弱，所以有保溼用的凝露……」

我們決定用那個來試試看。

我們兩人裸著身子，裹著同一條毛毯一起走出房間。

踩著不穩的步伐，我和浩一都因為太難走路而忍不住笑出聲，走樓梯的時候還差一點摔倒。明明只要分開走就好了，我們卻堅決不那麼做，因為我們一秒也不想跟對方分開。

來到一樓的浴室，我拿起保溼凝露的罐子。

兩個人都盯著成分表看了好一陣子，但都是一堆看不懂的外文。就當作不會出什麼事好了，變成毛毯妖怪的我們又回到房間，上樓梯比下樓的時候好走多了。

我們呵呵笑著，回到了床上，繼續一起挑戰。

「……怎麼樣？」

「……嗚、嗯……」

潤滑劑的威力十分強大，浩一的手指順利進入了裡面。

「還可以嗎？會不會痛？」

「是……不會啦……」

但覺得非常奇怪。那個地方連我自己都沒有碰過，雖然不會痛，但也不舒服。比起那些，羞恥感是最強烈的，但我決定盡量不去想這件事。

浩一的動作非常小心翼翼，花費時間一點一點挺進，摸索著我的體內。

「……呃！」

「……小滿，你剛剛……抖了一下。」

「那裡……感覺…………啊！」

他的指尖滑過某一個地方的時候，我的性器受到了衝擊。我想起之前趁爸爸不在家時，偷用電腦東查西查後查到的一個關鍵字。不過是在醫學網站上看到的，所以只平鋪直述地寫道「……它的一部分連接著直腸，因此手指可以隔著直腸壁碰觸到……」等等。

「咿……！啊！」

我的聲音猛地拔高。

原來這樣做會這麼……雖然帶著一絲疼痛，但三兩下就被快感超越——

「小滿……？很痛嗎？要停下來嗎？」

「不是……不是痛……啊啊，呀！那邊，啊……！」

「咦？這裡嗎……？」

「不……不是那邊……啊、啊啊！那、那裡……！」

我坦率又毫無保留地交出了自己的身體。

我要他溫柔地磨蹭那個地方。我告訴浩一，如果太用力會痛，但輕輕摩擦會非常有感覺。浩一看起來很高興。

他多加入幾根手指，最後終於要迎接浩一本人了。

到了這一步，還是難受得就快放棄……但是浩一非常有耐心地等我準備好。

我也很努力地說服自己的身體。放輕鬆，不要出力，要放進來的是浩一，是我最愛的男人。

直到我們確確實實地合而為一，不知道究竟花了多少時間。

浩一就在離我最近的地方，就在……我的身體裡。

然後我們接吻。

吻了好久好久。

稍微適應了放進身體的東西，覺得可以開始動時，浩一輕輕地挺動，同時稍微變換著角度，不久後才找到我剛才告訴他的那個點，開始用堅硬的前端頂弄那裡。我完全無法忍住聲音，連感到難為情的餘力都沒有，我的嘴大概早就出賣了我不少次。

浩一緊抱著我的腰，一次又一次深深地進行律動。

那個節奏彷彿取代了浩一的心跳。他的皮膚熾熱，卻沒有流汗。溫暖又乾爽的身體好舒服，而我大汗淋漓。

我的雙手抱住他寬闊的背，不停呼喚著他。

我叫著浩一的名字，傾訴著我愛他。

「小滿……我、可能、快要……」

水滴滴在我的臉上。

雖然不會流汗，卻會流淚呢……不要哭啊，浩一。

已經夠了。

你可以自由了，不需要再被我困在這裡了。

「不要，我不要啊！小滿……我明明最喜歡你……」

嗯，我也是，我也最喜歡你了。

對不起，把你留在我身邊，讓你……經歷了難過的事情。被大家忘記，心裡應該很不好受吧？

可以親親我嗎？

「小滿……」

我好像懂了。

凡事都先後順序，你可以忘了我，你可以先忘記我，這樣你會比較輕鬆，能輕鬆一點。

你得吃掉那些棉花糖，飛到空中去。

沒事的，我不會忘記你的。我到死，都絕對不會忘記你的。

「小滿……」

好了，別哭了。

滴答滴答……眼淚像雨水一樣打在我的臉上。

比那年夏天在露營區的那場豪雨還要溫柔，又溫暖許多的雨。再吻我一次吧，與你合為一體的同時接吻，是最美好的感受。

好溫暖、好炙熱，我知道你還活著。不論誰說什麼，你都還活著。你就在這裡，我知道你在，你就刻印在我的身體裡。

但已經足夠了，你可以走了喔，浩一。

我會沒事的。

你可以離開了。

§

早上的廚房冷冷清清，尤其是今天早上特別安靜。我拉起窗戶捲簾，外面是一片雪景。我看著雪，很意外雪會積得這麼厚。路面上、家家戶戶的屋頂上、車頂上，都覆蓋著白白的雪。

我在睡衣外頭加了件毛衣，準備泡咖啡。

咖啡壺裡的熱水沒了，於是我把水壺放到爐子上開火，然後在瓦斯爐前靜靜等待水壺發出沸騰的聲音。

「你怎麼了？那麼早起，現在還沒七點喔。」

爸爸回來了，黑色大衣的肩頭上殘留著雪。

「沒有比平常早多少吧。」

「畢竟你很會早起，大概是像你媽吧。」

真難得，爸爸平常幾乎不開口提及關於媽媽的事。

「你要喝咖啡嗎？」

所以，我也試著說些難得一見的話。爸爸說「要」，在餐桌旁的椅子上坐了下來。我把濾紙鋪好，拿出過年時人家送的，感覺很高級的咖啡來沖。雖然我對咖啡的口味不是很懂，但我非常喜歡這種香氣。

明明是高級咖啡，爸爸卻加了許多砂糖。熬夜動手術大概讓他很疲憊。

我坐到他的對面，也喝起咖啡。

我的眼睛應該紅腫得不得了，因為哭了好久好久。

但是爸爸什麼也沒說。

「你還記得……你媽媽的事情嗎？」

「咦？怎麼這麼突然？當然還有一點印象啦。」

不是，我的意思是說……爸爸接著說：

「我是說媽媽過世後的事。她出現在你眼前好幾次吧？還會在半夜時去看你睡覺的樣子……你之前有跟我說過吧？」

「……可是，那個……」

那是我在作夢吧。是媽媽的幽靈，在現實中看不到的溫柔微笑。

「那是夢吧……不然就是我的幻想。小孩子常常會這樣。」

「不對。」

父親回答得很肯定，眼裡沒有一點開玩笑的神情。

「媽媽對自己的病非常了解，她也知道自己來日無多，因為她是個既聰明，自尊心又強的人……她沒有倉皇失措。但是當時你還太小了，所以你媽媽非常放心不下。若是年幼到還沒有記憶就另當別論，但她很擔心你在情感最豐富的時期，目睹自己母親的死亡。所以那個時候，她為了讓你不那麼傷心，在住院的期間決定和你保持距離。」

……他在說什麼啊？

為什麼突然說起這種事？而且，也有點不知所云。媽媽故意和我保持距離？因為自己要死了？為了不讓被留下來的我傷心？

「我當時尊重你媽媽的意思……但是在那過程中，我開始發現那樣不對。」

當然不對。

應該要在道別之日來臨以前，用盡全身的力量去愛吧。就算不是我，不論是什麼樣的孩子都應該受到這樣的對待。她的頭腦明明聰明到可以當醫生，為什麼不懂這種事呢？老實說，我很吃驚。

「不論什麼時候會死，我們都應該把你帶在身邊，好好疼愛你、好好養育你才對……我當時發覺到了這件事，但是，那時你很害怕你媽媽了。你反而跟奶奶比較親近，但你奶奶和媽媽的關係又不怎麼好……我和你媽媽都不知道該怎麼辦才好。」

「你現在才跟我說這些……我也很為難。」

嚴厲的媽媽。

有時候看到她伸過來的手……我甚至會躲開，躲回奶奶的身後。

「說得也是。抱歉，你沒有錯。你媽媽是個比我聰明的人，但就是頑固了一點……也不擅長表達自己的心意……你也繼承了這種個性，長相也很像就是了。」

「爸……」

「其實這是你媽媽說的，她說要讓醫院變大間一點，還要增設婦產科。這就像是她的遺言……她跟我說過，希望可以建一個會有新生命誕生的地方。為了實現這件事，我太拚命了，也害你受到了影響，我一直對你感到很抱歉………但一直又沒有機會向你道歉。」

「……道歉？」

「是啊，抱歉，讓你這麼寂寞。」

「這是因為工作啊……也沒有辦法，但……」

我很希望你能對我說——滿，你是最重要的。

我很希望你能這樣對我說。

醫生忙碌也無可厚非，畢竟是在幫助病患和傷患。比起其他家庭，我們少了很多玩樂的時光，也不能去旅行，這些我都沒關係，我可以忍受，但是，我希望聽到你對我說你是最重要的，希望你連同媽媽沒說的份一起對我說，就是這麼單純的願望——但是小孩子要是少了這些，就無法心安。

媽媽過世了，奶奶也過世了，而爸爸總是以患者為優先。

我無法成為任何人心中的第一。

我好希望有人可以對我說，我是最重要的。

直到浩一對我說了這句話。

「你昨天那個朋友呢？」

突然被這麼一問，我看著父親：

「……浩一？」

「對，他昨天不是住我們家嗎？」

「…………他回去了。」

「我本來想去跟他媽媽打聲招呼，但是還是一大清早，就沒去了。目前母子都很健康，我稍微去瞧一下就要再出門了，到時候再去看看她。」

「嗯……他們很照顧我……」

「他的家人還看得見他吧？」

「……咦？」

「浩一啊，他的家人還看得見他嗎？」

我說不出話來。

為什麼爸爸會……會知道這件事……？是香住跟他說的嗎？一定是這樣，不然不可能，雖然我是這麼想的，但……

「就跟你媽媽那時候一樣。」

他說出了意想不到的話。

「或許是因為他的存在不太穩定，整體的輪廓看起來……有時候有點透明，有時候閃爍不定。但是當他看著你的時候，整個人非常清晰。」

「什……」

「所以我就明白了，你跟浩一是很特別的關係。原來一直在你身邊支持著你的就是他，再多的言語都不足以表達我對他的感謝。」

「………」

「當時，看得見你媽媽的，也只有我跟你而已。」

「……所以……我小時候作的那些看見媽媽的夢……」

偷看著半夢半醒的我，微笑著的媽媽。

輕聲細語地跟我說晚安，像溫熱的牛奶一樣溫暖柔和的聲音。

自己一個人上學的途中，躲在樹蔭下微微對我揮手的模樣。

「那既不是夢，也不是幻想。一開始我也不敢相信自己的眼睛……畢竟我是個醫生，很難相信這是真的。但是，那的確是現實。那時候你媽媽可以說是具活屍……吧。因為我看得到她，摸得到她，還可以跟她對話，一切都跟平常一樣，但心臟停止跳動了。我實在不知道該怎麼辦，只能先把她帶回家。在等待最後一刻的病患突然消失，讓醫院那邊一陣雞飛狗跳，不過畢竟是我自己的醫院，我能盡量蒙混過去……但現在回想起來還是會冒冷汗呢。不過我很開心。」

父親凝視著杯子裡少了一半的咖啡說道：

「我不介意她是不是死人，只要你媽媽還在我身邊就好了。」

他的臉上泛起平靜的微笑。

彷彿跨越過狂風驟雨般的悲傷，在風平浪靜的海面上捧起思念的表情……令我感到嚮往。我很想問他：

爸，你是怎麼撐過那陣狂風暴雨的？

我也可以做到嗎？

「你媽媽白天時都會躲起來喔，只有半夜才會偷偷跑去看你。」

「……有時候我白天也會看到她。」

這樣啊。父親笑了。那是她忍不住想見你吧，他說。

「滿，你無疑是你媽媽的寶物。」

柔柔嫩嫩，暖呼呼的小生物。

每個人起初都是那樣的小嬰兒……

「要是當時能再多抱抱你就好了，她一直很懊悔。」

無力又純真，只是單純地哭著……

「她說，希望你成為一個善良的孩子。」

被某人守護著，養育成人。

「……嗚……」

那杯咖啡，我一口也喝不下。

光是呼吸，就覺得情感的浪潮會從身體裡傾洩而出。

媽媽。

……浩一。

「他走了嗎？」

父親問道。我點點頭。

天快亮的時候，我在浩一的臂彎裡睡去。應該還不到一小時，我張開眼睛時……只剩下我一個人。

我並不驚訝，因為早有預感了。

我只是……摸著浩一剛才躺過的床單，哭了。放聲大哭。

我曾經以為，撕心裂肺只不過是一個形容詞，只是一個誇飾。

但是我錯了，我現在知道會把心臟撕裂的強烈悲傷，是確實存在的。人之所以會按著胸口哭泣，或許是為了不讓胸口裂開。儘管如此，我還是沒有去追浩一，我知道他已經回去自己的家了。

「這樣啊。嗯……你媽媽也只在這裡多留了幾天而已，雖然我也不太清楚，但可能都是這樣的吧。」

父親緩緩站起來，繞到我的身後，摸了摸我的頭。

我又哭了。

悲傷就如洪水，只能化作眼淚從體內流洩而出，要是不哭出來，就會像充得太飽的氣球一樣破裂。我的臉上布滿淚河，淚水流到下顎，濡溼脖子，將睡衣的領口浸溼。

多麼煎熬，多麼悲痛……但不是只有這些。能遇見失去後會這麼心痛的存在，並被他深愛過，這不是為了讓我悲傷而發生的事才對。

老實說，現在我打從心裡不這麼認為，因為我悲傷得想要痛罵這個世界的一切。

為什麼是我？為什麼是浩一？

這樣對嗎？得到後又被奪走的悲傷要怎麼痊癒？

儘管如此，我仍不想認為：早知道會這麼痛苦，還不如當初不要遇見……我並不想否定這些。

比如母親把我生下來。

比如浩一把我視作他的摯愛。

眼淚完全止不住。

淚水滴進咖啡的黑色水面。這麼鹹的咖啡，根本不能喝吧。父親打算幫我重泡一杯，再次把水壺放到瓦斯爐上。

爐火，讓廚房稍微溫暖了起來。

§

前年春天，我遇見了小滿。

我不知道同年入學的高一新生有幾個人，但我認為能遇見小滿是一個奇蹟。考進同一所學校，分到同一個班級，視線還偶然對上了，這樣的機率該有多小？所以說，這一定、絕對是奇蹟。

在走進開學典禮的會場前，我就注意到他了。他俊美的容貌吸引了我的目光。

好像偶像明星喔，一定會有很多女孩子喜歡他。皮膚白皙，臉頰光滑，頭髮看起來很柔順，但是後面有點毛躁。明明是高中生活的第一天，他媽媽沒有提醒他嗎？哇！睫毛好長……我不停地觀察他。整個開學典禮都一直往他那邊偷瞄，結果不小心對上了他的目光，被瞪了回來。

他的表情超可怕。

大概就在他瞪著我，幾乎快發出電流的瞬間，我就墜入了情網。我連忙別開視線，他強烈的目光還是灼燒著我。

從那天開始，我就無法自拔了。

我從來沒有想過自己會喜歡上男孩子，所以覺得有點驚訝，但那種事完全無所謂。如果是小滿，就算他是女生，我也會愛上她。不對，若是女生，她可能就不是現在這個小滿了……總而言之，我總是會情不自禁地偷看小滿，我的眼睛總是追逐著他的身影。

要跟他拉近距離費了我不少苦心，因為小滿是喜歡獨來獨往的類型。

我不是很聰明，沒辦法耍什麼花招，所以就把他約到圖書館旁邊，通往後門的那條小路，然後努力鼓起勇氣。幾乎凋零的八重櫻在地上鋪成深粉色的柔軟地毯，我覺得有點浪漫。然後，我終於說出口了，我問他「可以跟你做朋友嗎？」。

小滿嚇了一大跳，而且很猶豫，但我十分堅持。

我花一年的時間慢慢縮短我們的距離，到了第二年的春天，才勉強爬到同學們口中「那兩人明明個性完全相反，卻不知為何感情很好」的地位。餵小滿吃螃蟹小香腸的那一天，是只屬於我一個人的紀念日。我真的好開心……回到家還大聲對媽媽說謝謝，結果被媽媽笑了。

小滿也有幾個麻煩的小地方。

他太我行我素了，不會像我一樣配合周遭的人。不喜歡的東西就說不喜歡，連說都嫌麻煩的時候會表現在臉上。他的臉明明那麼可愛，卻會擺出超級不爽的表情。可能是因為這樣，他在班上有點被孤立，而我會從中擔任一個橋梁般的角色。

這不是為了小滿，是為了我自己，我希望大家多認識一下我喜歡的小滿，我想要驕傲地跟大家炫耀我最愛的小滿。

再說，小滿做他自己就好了，不需要配合別人。我喜歡他這樣，有一種高冷的感覺，讓我覺得超帥的。又帥又可愛，小滿根本就是無敵。

我會不由自主地順著別人，下意識地去看別人的臉色。

也不是說這樣不好，一般來說，這樣反而是優點吧，所以我不想讓自己改掉這一點，但如果問我是否真心喜歡這樣的自己……我沒有辦法肯定。

從小，我就是個懂得顧慮周遭的孩子。

我家只有媽媽，我不知道爸爸是誰。經濟狀況應該很不好，所以媽媽白天、晚上都在工作，沒有什麼時間理我。當時為了不造成媽媽的負擔，我變成了一個很懂事的孩子。媽媽離開的時候，我才五歲，所以沒有什麼印象了，我只記得為了不吵醒疲憊到睡著的媽媽，我躡手躡腳地走在公寓的地板上。那片地板，不論我動作再怎麼輕，還是會嘎吱作響。

媽媽突然離開後，她的哥哥，也就是我的舅舅收養了我。媽媽和娘家斷絕了關係，所以我不知道我有一個舅舅，舅舅也不知道有我這個外甥。當時他才結婚第二年，卻收留了我，若是他沒這麼做，我大概會在孤兒院長大。

我非常幸運。

舅舅和舅媽都把我當作親生的孩子一樣疼愛、管教，也給了我非常多擁抱，就算他們生下了女兒和兒子，也從來沒有改變。妹妹和弟弟也以為我是真正的大哥，還不知道我其實是他們的表哥。我便作為山田家的長子跟他們成為一家人，度過每一天，畢竟我們從五歲就開始一起生活，也像是真正的家人一樣。

儘管如此，我還是偶爾會浮現某個想法。

為什麼媽媽要丟下我呢？

想想當時媽媽的年紀和狀況，也許她沒有其他選擇了。她可能也煩惱過，要是繼續把我帶在身邊，搞不好就會做出虐待我或是更糟糕的事。那麼我長大以後……能不能再見到她，有沒有辦法好好聽她解釋，接受她的說法呢？還是果然沒辦法呢？我被拋棄了，被當作不被需要的孩子，這股悲傷彷若一層不會融化的冰，比雪還要堅硬，難以消融。

但是無論如何，我都不會再見到媽媽了。

我看著小滿的睡臉。

雖然他很努力地撐著不睡，但果然很累了。能讓小滿舒服，我很開心，我也完全陶醉於其中，可以得到這段多得到的時間真的非常幸運。雖然當我這麼說時，小滿露出了「你這傢伙真是個傻瓜」的表情。

小滿薄薄的眼皮、柔軟的側臉鬢角。

要是可以永遠一直看著這張臉該有多好。

但我知道沒有辦法。心臟停止之後，要維持住身體果然十分困難，如果不集中精神，就會從指間開始崩垮，非常累人。只有抱著剛出生的妹妹時，有一種彷彿起死回生的感覺……要不是有那個時刻，我可能撐不到今天早上……

小滿，要留下你一個人，我很不安，也很寂寞。

你對我說，我是你最喜歡的人。你說，最喜歡我。

那是我至今都沒有得到的位置。舅舅和舅媽雖然非常疼愛我，但我不是他們的最愛，因為還有小渚和小湊嘛，這也是理所當然的。所以我一直很希望有人對我說，我是最重要的……說我是他最愛的人。

如果我也最喜歡那個人的話，那就真的是奇蹟了吧。

小滿。

謝謝你帶給我奇蹟。

趁你睡著，我要走了喔。要是我的遺體在這裡被發現，一定會鬧出一場大騷動，而且我也得回去才行。這十二年來，那個家毫無疑問就是我存在的地方，我對此深信不疑。雖然在最後的最後還要給他們添麻煩，但他們一定會原諒我的，因為我們是一家人啊。

小滿。

白雪高堆，世界一片銀白，今天早上的城鎮非常漂亮喔。

小滿。

你是我最深愛的人。

全新番外短篇

四月的第一個星期天，我搭上電車。

和煦的日光穿過車窗，溫暖我的後頸。陽光很美好，很有春天的氣息。緩慢行進的電車搖晃著，讓我昏昏沉沉地打了快一個小時的瞌睡。好像夢見了什麼，但一醒來就不記得了，只覺得是個很溫柔的夢。

從車站大概要走二十五分鐘才會到達目的地。

這條路似乎是當地民眾健走的路徑，時不時會看到一些攜老扶幼的家庭或是退休老夫妻的身影，人好像比去年多了一點。

「你來這裡散步嗎？」

一個看起來年約七十，但腳步健朗的老婦人向我搭話。她穿著一身機能外套和短褲，頭戴一頂登山帽，因為戴著口罩的關係，有點喘的樣子。

「我要去見我朋友。」

我答道。我試著露出笑容，但不知道對方有沒有感受到。不僅口罩煩人，無法看出底下的表情也很令人困擾。

「你朋友住在哪裡啊？」

我把佛寺的名字告訴她。老婦人困惑了一下，但是立刻對我露出了笑容。

「啊啊，這樣啊，我的老伴也長眠在那裡。南邊的櫻花都盛開了，你的朋友一定也會沉醉在那片美麗的景色裡吧。」

您說的是，我點了點頭。不過比起賞花，他應該更喜歡糯米糰子……不對不對，搞不好是我誤會了，畢竟他問我說可不可以當朋友的時候，是在八重櫻底下說的。雖然那時花已經謝了，但是地面上一片粉紅，很美。

我和老婦人互相道別，往不同的方向走。

接下來的路是一條平緩的上坡，沿途可以逐漸看到寺內的綠樹和淡淡的粉色，我加快腳步。越靠近目的地，櫻花的顏色越濃豔。花差不多都開了吧，今年的花期很早，都心那一帶的櫻花都差不多謝了。

「啊！來了來了。小滿～」

橋本站在門前揮著手。就算戴著口罩，還是看得出她滿臉笑容，這是橋本的優點。忘了從什麼時候開始，她也開始稱呼我為「小滿」，直到現在還是這樣。鏡屋也在橋本身旁。

「妳們兩個好早到啊。」

「我們一路上轉車都很順啊～小滿，兩年沒見了。」

「我去年也想約妳們來，但是當時疫情很嚴重……鏡屋，妳過得好嗎？」

我向依舊文靜的同學問道，她戴著黑色口罩點點頭說：「我很好。」

「青海，你也滿有精神的，真是太好了。這陣子醫生都很辛苦，我還有點擔心你。」

「是啊，我們家醫院也有列入收治的醫院，所以有段時間滿累的。我老爸也一把年紀了，還很愛逞強，遙小姐都捏了幾把冷汗。」

遙小姐的舊姓是香住。

她和她的前夫在我大學時辦完離婚，但是父親似乎表示「想等到滿可以獨當一面」，所以一直到我結束實習醫師的研修，兩人才結婚。我是事後才知道這些事，總覺得對他們有點過意不去，明明不需要考慮到我的。不過話說回來，我到現在也不覺得我獨當一面了。尤其是經過這次讓人驚慌害怕的情況，更痛切地這麼覺得。

那些沒能救回來的人。

那些見不到家人就去世的病患，我大概不會忘記他們的臉。

世界被巨大的不安和悲傷壟罩著——但是日子還是繼續往前。

「喔！青海，你來了啊。我已經買好線香了喔。」

從寺廟的服務處走出來的是班長。

他每年都會很正式地穿著西裝來，一本正經，很有他的風格。明明連我都穿著牛仔褲這類休閒的打扮。

四個人到齊以後，我們來到墓前。

我們靜靜地合掌。他的忌日在二月，所以我兩個月前也來過這間寺廟。當然，那時是和山田一家一起來的。接著在忌日的兩個月後，以前的四個老同學會一起來這裡看他，這是每年的例行公事。

一陣風吹來，花瓣飛舞。

「好漂亮喔。與其說是來掃墓，更像是來賞花的呢。」

橋本笑著說。她有兩個女兒，據說大女兒明年春天就要上國中了。朋友孩子的年紀提醒著我們時間的流逝。

「山田不會介意這種事的啦，他一定也在跟我們一起賞花。」

當年的班長現在是個公務員，他抬頭看著櫻花說道。班長也早已結婚，還曾經帶另一半來過這裡。他妻子是個很棒的女人，大概是想帶來跟浩一炫耀一下吧。聽說他們沒有生小孩，忙著寵愛家裡的三隻貓咪。

「前陣子啊，我碰巧遇到了那個同學，就是之前當過籃球社經理的千佳。因為戴著口罩，我一開始沒認出她～後來才打招呼說好久不見，一起去喝茶，然後聊起山田的事……

她到現在還覺得很神奇呢。」

「那也是當然的吧，當年各家媒體可是爭相報導……還有電視臺的人來採訪吧？那時候我又是班長，感覺會被採訪，所以到處躲。」

「因為那時候新聞報得超大的啊。畢竟明明是在家中被窩裡過世的，脖子、腳卻都骨折了……怎麼看都像命案一樣。橋本，妳還很生氣不是嗎？一直說不該打擾人家。」

「我是很生氣沒錯，但小滿才是最生氣的喔。」

「對啊……青海雖然沒有說出來，但表情非常嚇人……」

連鏡屋都這麼說，我只能苦笑。鏡屋在自己家裡擔任神職，她的爸爸是宮司，她則是禰宜[3]。鏡屋自己設計的新版參拜紀念章在社群網站上掀起了話題，前去參拜的信眾似乎多了不少。

光陰似箭，我們都長大成人。

我們之中只有浩一一個人還是十七歲。

還穿著那一身學生制服。

「山田～這個世界被新的病毒搞得一團亂～你要保佑大家都平安健康，拜託你……」

橋本誠心地說，雙手再次合掌。

3 禰宜：日本神道中輔佐、協助宮司的職位。

我們大家都像她一樣雙手合十。不過浩一現在或許有點傷腦筋，新型的病毒要他想辦法解決太強人所難了。算了，活在世上的我們會努力加油的，所以你要守護我們喔……我在心裡對他說。

我花了多少年，才能像這樣心情平靜地站在這裡呢？

頭幾年的記憶模糊不清。我隱約記得葬禮的時候，是陪我一起到場的父親扶著我，我才勉強有辦法站著。餘下的高中時期，到後來就算進了大學，換了環境，我都活在巨大得難以招架的喪失感當中。

不論在教室裡、城鎮裡還是人群中，我總是在尋找浩一的身影。明知道他不在，卻還是不自覺地尋覓著。

我在夏日的雨中徘徊張望。

在冬日的雪中更是無法放棄找尋。

我想見你。我想見你。我想見你。

我不曾想過這種悲傷會有消失的一天，也確實不曾消失，只是換了個形式。就像尖銳的石頭經過海浪的沖刷而變圓滑，我的悲傷也一點一點地變柔和了。山田家最小的孩子小皓上小學的時候，我才能夠和她聊起以前的事。我想要和小皓分享，關於浩一的事情。

我想要讓她知道，她最大的大哥是多麼溫柔的好人。

「我把灑水的水桶拿回去還。」

「啊，我也一起去，我想跟寺院借用洗手間～」

班長和橋本沿著墓碑林立的緩坡往下走。

在他們兩人的心中，浩一是一個突然去世的同班同學，對於他變成活屍的那幾天完全沒有記憶，班上其他同學也是一樣，沒有人記得那段令人難以想像的奇異日子。

除了我……可能還有鏡屋。

雖然我沒有確認過，但是我總覺得鏡屋還記得。

「前陣子，我收到了一封很久不見的熟人寄來的信。」

我說完，鏡屋朝我的方向看來，像在問是誰。

「玉置老師。」

玉置老師現在在美國，和伴侶一起生活。他的伴侶不是小河老師，是一個美國男性。小河老師在那次事件過後休養了一陣子，去了別間學校。幾年前的同學會曾久違地邀請到他，那個沉穩的笑容和從前一模一樣。

「他說居家隔離的時候太閒了，整理了一些照片。」

他也翻到了一些當老師時的懷舊照片。有幾張是他在生物課上拍的課堂狀況，當中拍到了浩一，所以他專程把那些照片寄來給我。照理說，玉置老師應該也不記得浩一變成活死人的那段期間才對……但他可能還是感覺到了什麼吧。

「拍到了浩一在顯微鏡前超想睡的樣子，很好笑。」

「很有畫面……不過，老師竟然知道青海家的地址呢。喔，應該是搜尋了你的名字吧，感覺可以查到醫院的醫師名單。」

「妳猜對了，他是寄到了醫院。」

我看著那些照片，突然想起了當年。

並列第一的話不行嗎？——很久以前，浩一對玉置老師說了這句話。那時候，我曾心想這個傢伙在說什麼啊？但現在總算理解了。浩一應該是在擔心他離開後的我。雖然希望我永遠不要忘記他，但如果我沒辦法愛上其他人又很可憐，可是，如果那個人變成我心裡的第一，他會很不甘心……所以他才說出了並列第一。

——小滿，你要遇到一個能夠讓你像喜歡我一樣，那麼喜歡的人。

什麼啊……不過，很像他會說的話。

御影石的地面上，花瓣靜靜地落下。

鏡屋抬頭看著櫻花，我也仰起了頭。

春天的陽光從樹枝的空隙間灑落。浩一墳墓上方的櫻花樹已經過了盛開期，每當風一吹，就毫無留戀地飄下花瓣。淡得接近白色的粉紅色，讓我想起那天夜裡下的雪。

小皓出生的那一晚。浩一陪在我身邊的那個冬夜。

無聲落下的雪片。

不斷滴在我臉上的，浩一的淚水。

被獨自留下的那個早晨，讓人幾乎凍僵的寒意……

對了，但是現在是春天，我想要用臉頰感受外面的溫暖，便脫下了口罩，也想讓浩一好好看看我的臉。現在我已經三十七歲了，但有時候還是會被人家說「醫生，你好可愛喔」，雖然主要都是中高齡的女性患者講的就是了。

「哇……」

一道強勁的風吹過來。

我被風捲起的櫻花花瓣團團包圍，就好像浩一在對我說「小滿現在也很可愛喔」。一片花瓣輕柔地拂過我的唇……我不禁笑了出來，鏡屋體貼地裝作沒看到這樣的我。

浩一。

很遺憾，能和你並列第一的對象還沒有出現。

直到現在，你還是我最深愛的人。

高寶書版集團
gobooks.com.tw

CRS050
永遠的昨日
永遠の昨日

作　　者　榎田尤利
繪　　者　丹地陽子
譯　　者　Vanished Cat
編　　輯　陳凱筠
美術編輯　彭裕芳
排　　版　彭立瑋

發 行 人　朱凱蕾
出　　版　朧月書版股份有限公司
　　　　　Hazy Moon Publishing Co., Ltd.
地　　址　臺北市內湖區洲子街 88 號 3 樓
網　　址　www.gobooks.com.tw
電　　話　(02) 27992788
電　　郵　readers@gobooks.com.tw（讀者服務部）
傳　　真　出版部　(02) 27990909　行銷部 (02) 27993088
郵政劃撥　19394552
戶　　名　英屬維京群島商高寶國際有限公司臺灣分公司
發　　行　英屬維京群島商高寶國際有限公司臺灣分公司 / Printed in Taiwan
　　　　　Global Group Holdings, Ltd.
法律顧問　永然聯合法律事務所
初版日期　2024 年 05 月

國家圖書館出版品預行編目 (CIP) 資料

永遠的昨日 / 榎田尤利作 ; Vanished Cat 譯 . -- 初版 .
-- 臺北市 : 朧月書版股份有限公司出版 : 英屬維京群島商高寶國際有限公司台灣分公司發行 , 2024.05
面 ;　公分 . --

譯自 : 永遠の昨日

ISBN 978-626-7362-53-2 (平裝)

861.57　　113002342